दो हज़ार वर्ष पुरानी कहानियाँ

दो हज़ार वर्ष पुरानी कहानियाँ

डॉ. जगदीशचन्द्र जैन

भूमिका : हजारीप्रसाद द्विवेदी

वाणी प्रकाशन ग्रुप
भारतीय ज्ञानपीठ
वाणी प्रकाशन : भारतीय ज्ञानपीठ की पुस्तकों के एकमात्र प्रकाशक एवं वितरक

पेपरबैक पहला संस्करण : 1946
पेपरबैक चौथा संस्करण : 2000
पेपरबैक सातवाँ संस्करण : 2008
पेपरबैक आठवाँ संस्करण : 2010
पेपरबैक नौवाँ संस्करण : 2013
पेपरबैक दसवाँ संस्करण : 2015
पेपरबैक ग्यारहवाँ संस्करण : 2024

लोकोदय ग्रन्थमाला : ग्रन्थांक 2

प्रकाशक
वाणी प्रकाशन ग्रुप
4695, 21-ए, दरियागंज, नयी दिल्ली-110 002
फ़ोन : 011-23273167, 23275710
ईमेल : sales@vaniprakashan.in

ISBN : 978-93-6287-585-3

दो हज़ार वर्ष पुरानी कहानियाँ
(कहानी-संग्रह)
डॉ. जगदीशचन्द्र जैन

DO HAZAR VARSH PURANI KAHANIYAN
(Short Stories)
by Dr. Jagdishchandra Jain

मुद्रक : *जी.एस. ऑफ़सेट, दिल्ली-110 095 में मुद्रित*

Price : INR. 225

अपनी पत्नी तथा बच्चों को–
जिन्होंने
इन कहानियों को
बार-बार सुना

भूमिका

मेरे मित्र डॉ. जगदीशचन्द्र जैन, एम.ए., पी-एच.डी. ने प्राचीन जैन साहित्य से चुनकर मनोरंजक कहानियाँ संग्रह की हैं। यद्यपि ये कहानियाँ जैन-परम्परा से ली गयी हैं, तथापि वे केवल जैन साहित्य तक ही सीमित नहीं हैं, ब्राह्मण और बौद्ध ग्रन्थों में भी ये कहानियाँ किसी-न-किसी रूप में मिल जाती हैं। सच तो यह है कि ये चिरन्तन भारतीय चित्त की उपज हैं। कहानियों के पढ़नेवाले प्रत्येक सहृदय पाठक को लगेगा कि ये कहानियाँ किसी सम्प्रदाय विशेष की वस्तु नहीं हैं, बल्कि इनके भीतर सार्वभौम मनुष्य का चित्र ही प्रकट हुआ है। बहुत-से देशी और विदेशी विद्वान् मानते हैं कि संसार में आज जितनी लोकरंजक कहानियाँ प्रचलित हैं, उनका मूल उद्गम भारतवर्ष ही है। यह बात सत्य भी हो सकती है और कुछ अतिरंजित भी हो सकती है। परन्तु इतना सत्य है कि भारतवर्ष से कहानियाँ संसार में गयी हैं। कहानियों के द्वारा इस देश में नीति, भक्ति, धर्म और ज्ञान-विज्ञान को प्रचारित करने का काम लिया गया है।

जैन साहित्य बहुत विशाल है। अधिकांश में वह धार्मिक साहित्य ही है। संस्कृत, प्राकृत और अपभ्रंश भाषाओं में यह साहित्य लिखा गया है। ब्राह्मण और बौद्ध-शास्त्रों की जितनी चर्चा हुई है अभी उतनी चर्चा इस साहित्य की नहीं हुई है। बहुत थोड़े पण्डितों ने ही इस गहन साहित्य में प्रवेश करने का साहस किया है। डॉ. जगदीशचन्द्र जी ऐसे ही विद्वानों में-से हैं। इन कहानियों को नाना स्थानों से संग्रह करने में उन्हें जो कठिन परिश्रम करना पड़ा होगा, वह सहज ही समझा जा सकता है।

संगृहीत कहानियाँ बड़ी सरस हैं। डॉ. जैन ने इन कहानियों को बड़े सहज ढंग से लिखा है, इसलिए ये बहुत सहज पाठ्य हो गयी हैं। इन कहानियों में कहानीपन की मात्रा इतनी अधिक है कि हज़ारों वर्ष से, न जाने कितने कहनेवालों ने इन्हें कितने ढंग से और कितनी प्रकार की भाषा में कहा है, फिर भी इनका रस-बोध ज्यों-का-त्यों बना हुआ है। साधारणतः लोगों का विश्वास है कि जैन साहित्य बहुत नीरस है। इन कहानियों को चुनकर डॉ. जैन ने यह दिखा दिया है कि जैन आचार्य भी अपने गहन तत्त्व-विचारों को सरस करके कहने में अपने ब्राह्मण

और बौद्ध साथियों से किसी प्रकार पीछे नहीं रहे हैं। सही बात तो यह है कि जैन पण्डितों ने अनेक कथा और प्रबन्ध की पुस्तकें बड़ी सहज भाषा में लिखी हैं। डॉ. जैन का यह प्रयत्न बहुत ही सुन्दर बन पड़ा है। मुझे पूर्ण आशा है कि वे अन्यान्य साहित्यों से भी इस प्रकार की और सरस कहानियाँ संग्रह करेंगे और अपने पाण्डित्यपूर्ण निबन्धों के साथ-ही-साथ ऐसे सहज और साधारण जन के लिए सुलभ साहित्य का निर्माण बराबर करते रहेंगे।

—हजारीप्रसाद द्विवेदी

शान्तिनिकेतन
नवम्बर, 1946

अनुक्रम

प्रास्ताविक 13

लौकिक कहानियाँ

1. चावल के पाँच दाने 27
2. माकन्दीपुत्रों की कहानी 29
3. बिना विचारे करने का फल 32
4. तीनों में कौन अच्छा? 33
5. वैद्यराज या यमराज? 34
6. घण्टीवाला गीदड़ 35
7. सच्चा भक्त 36
8. कपट का फल 37
9. बन्दर और बया 38
10. छोटों के बड़े काम 39
11. भिखारी का सपना 41
12. काम सच्ची उपासना है 42
13. लालची गीदड़ 43
14. पण्डित कौन? 44
15. कोक्कास बढ़ई 49
16. चतुर रोहक 51
17. कुँजड़ा और धूर्त 54
18. पुरोहित की नीयत 55
19. दो मित्रों की कहानी 56
20. पढ़ना और गुनना 57
21. राजा का न्याय 58
22. चतुराई का मूल्य 59
23. घोड़ों का सईस 63

24. सच्चा प्रेम 65
25. बुढ़िया और पड़ोसिन 66
26. अपना-अपना पुरुषार्थ 67
27. गीदड़ की चतुराई 69
28. मम्मण वणिक् की कहानी 70
29. वृद्धजनों का मूल्य 72
30. तीन मन्त्रवादी 73
31. अट्टण मल्ल 74
32. विद्या का घड़ा 77
33. वणिकपुत्रों की कहानी 79
34. स्त्री-दासों की कहानी 81
35. कृतघ्न कौए 84
36. दो पायली सत्तू 85

ऐतिहासिक कहानियाँ

37. महावीर की शिष्या चन्दनबाला 89
38. कुशल मन्त्री अभयकुमार 91
39. व्यवसायी कृतपुण्य 94
40. रानी चेलना का सतीत्व 96
41. रानी मृगावती 97
42. राजा उद्रायण और प्रद्योत का युद्ध 99
43. राजा प्रद्योत और मदनमंजरी 101
44. श्रेणिक की मृत्यु 103
45. कूणिक और चेटक का युद्ध 104
46. कल्पक की चतुराई 106
47. चाणक्य की कूटनीति 109
48. अशोक का पुत्र कुणाल 111
49. शकवंश की उत्पत्ति 113
50. राजा शालिवाहन का मन्त्री 115
51. विक्रमराज मूलदेव 116

धार्मिक कहानियाँ

52. धूर्तराज मूलदेव और उसके साथी 121
53. यक्ष या लकड़ी का ठूँठ 127

54. शम्ब की कील 129
55. शम्ब का साहस 130
56. रोहिणेय चोर 132
57. मुनि आर्द्रककुमार का गृह-त्याग 134
58. ऋषिकुमार वल्कलचीरी 135
59. जिनदत्त का कौशल 138
60. राजा करकण्डु 140
61. चाण्डाल-पुत्रों की कहानी 142
62. द्वारका-दहन 144
63. कपिल मुनि 146
64. गंगा की उत्पत्ति 148
65. राजीमती की दृढ़ता 150

प्रास्ताविक

प्राचीनकाल से ही कहानी-साहित्य का जीवन में बहुत ऊँचा स्थान रहा है। ऋग्वेद, ब्राह्मण, उपनिषद्, महाभारत, रामायण आदि वैदिक ग्रन्थों में अनेक शिक्षाप्रद आख्यान उपलब्ध होते हैं, जिनके द्वारा मनुष्य-जीवन को ऊँचा उठाने का यत्न किया गया है। परन्तु इन कथा-कहानियों का सबसे समृद्ध कोष है—बौद्धों की जातक कथाएँ। सीलोन, बर्मा आदि प्रदेशों में ये कथाएँ इतनी लोकप्रिय हैं कि वहाँ के निवासी आज भी इन कथाओं को रात-रात-भर बैठकर बड़े चाव से सुनते हैं। इन कथाओं में बुद्ध के पूर्व-जन्म की घटनाओं का वर्णन है, और इनके दृश्य साँची, भरहुत आदि के स्तूपों की भित्तियों पर अंकित हैं, जिनका समय ईसा के पूर्व दूसरी शताब्दी माना जाता है। जातक कहानियाँ ईसा के पूर्व पाँचवीं शताब्दी के पहले से लेकर ईसा के बाद की प्रथम या द्वितीय शताब्दी तक रची गयी हैं, तथा इनमें की अनेक कहानियाँ महाभारत और रामायण में विकसित रूप से पायी जाती हैं।[1]

प्राचीनकाल में जो लोककथाएँ भारतवर्ष में प्रचलित थीं, उन्हें ब्राह्मण, बौद्ध और जैनों ने अपने-अपने धर्मग्रन्थों में स्थान देकर अपने सिद्धान्तों का प्रचार किया। उदाहरण के लिए, रोहिणी जातक (भाग 1, नं. 45) में रोहिणी नामक दासी की कथा आती है, जिसने अपनी माँ के सिर की मक्खियाँ उड़ाते हुए उसे मूसल से मार डाला। सीहचम्म जातक (भाग 2, नं. 189) में सिंहचर्म से आच्छादित गीदड़ की कथा आती है, जिसका शब्द सुनकर उसे किसान ने मार डाला। कूटिदूसक जातक (भाग 3, नं. 321) में सिंगिल पक्षी और बन्दर की कहानी आती है, जिसमें बन्दर ने सिंगिल पक्षी का घोंसला तोड़कर नष्ट कर डाला। महाउम्मग्ग जातक (भाग 5, नं. 546) में कुमार महोसध की बुद्धिमत्ता-सूचक अनेक आख्यान आते हैं। ये सब लोककथाएँ देश-विदेश में भिन्न-भिन्न रूप में पायी जाती हैं।

प्रस्तुत संग्रह में संकलित 'चावल के पाँच दाने', 'बिना विचारे करने का फल', 'छोटों के बड़े काम', 'भिखारी का सपना', 'चतुर रोहक' आदि-कथाएँ कुछ रूपान्तर के साथ सर्वसाधारण में प्रचलित हैं, जिनका किसी सम्प्रदाय-विशेष से सम्बन्ध नहीं है। ये लोककथाएँ भारतवर्ष में पंचतन्त्र, हितोपदेश, कथासरित्सागर, शुकसप्तति,

---

1. देखिए, भदन्त आनन्द कौसल्यायन, जातक (प्रथम खण्ड) की भूमिका, पृ. 24-27

सिंहासनद्वात्रिंशतिका, वेतालपंचविंशतिका आदि ग्रन्थों में पायी जाती हैं, तथा 'ईसप की कहानियाँ', 'अरेबियन नाइट्स की कहानियाँ', 'कलेला दमना की कहानी' आदि के रूप में ग्रीस, रोम, अरब, फ़ारस, अफ्रीका आदि सुदूर देशों में भी पहुँची हैं। इन कथाओं का उद्गम-स्थान साधारणतया भारतवर्ष माना जाता है; यद्यपि समय-समय पर अन्य देशों से भी देश-विदेश के यात्री बहुत-सी कथा-कहानियाँ अपने साथ लाते रहे हैं।[1]

बौद्धों के पालि साहित्य की तरह जैनों का प्राकृत साहित्य भी कथा-कहानियों का विपुल भण्डार है। बौद्ध भिक्षुओं की तरह जैन साधु भी अपने धर्म-प्रचार के लिए दूर-दूर देशों में विहार करते थे। 'बृहत्कल्पभाष्य' में जन-पद-परीक्षा प्रकरण में बताया है कि जैन साधु आत्मशुद्धि के लिए तथा दूसरों को धर्म में स्थिर करने के लिए जनपद-विहार करे, तथा जनपद-विहार करनेवाले साधु को मगध, मालवा, महाराष्ट्र, लाट, कर्णाटक, द्रविड़, गौड़, विदर्भ आदि देशों की लोकभाषाओं में कुशल होना चाहिए, जिससे वह भिन्न-भिन्न देशों की भाषा में जनसाधारण को उपदेश दे सके। उसे देश-देश के रीति-रिवाजों का और आचार-विचार का ज्ञान होना चाहिए, जिससे उसे हास्यभाजन न बनना पड़े (1—1236, 1229-30, 1239)। ये श्रमण देश-देशान्तर में परिभ्रमण करते हुए लोककथाओं द्वारा लोगों को सदाचार का उपदेश देते थे, जिससे कथा-साहित्य की पर्याप्त अभिवृद्धि हुई।

आगम-साहित्य की प्राचीनता

जैन-साहित्य का प्राचीनतम भाग 'आगम' के नाम से कहा जाता है। ये आगम 46 हैं—

12 अंग : आयारंग, सूयगडं, ठाणांग, समवायांग, भगवती, नायाधम्मकहा, उवासगदसा, अंतगडदसा, अनुत्तरोववाइयदसा, पण्हवागरण, विवागसुय, दिट्ठवाय।

12 उपांग : ओवाइय, रायपसेणिय, जीवाभिगम, पन्नवणा, सूरियपन्नति, जम्बुद्दीवपन्नति, निरयावलि, कप्पवडंसिया, पुप्फिया, पुप्फचूलिया, वण्हिदसा।

10 पइन्ना : चउसरण, आउरपचक्खाण, भत्तपरिन्ना, संथर, तंदुलवेयालिय, चंदविज्झय, देविंदत्थव, गणिविज्जा, महापंचक्खाण, वोरत्थव।

1. देखिए, टी. डब्ल्यू. राइस डैविड्स की 'बुद्धिस्ट बर्थ स्टोरीज़' की भूमिका, विण्टरनीज़ की 'हिस्ट्री ऑव इण्डियन लिट्रेचर', भाग 2, पृ. 126, 131, 154; विण्टरनीज़ की 'सम प्रॉब्लम्स ऑव इण्डियन लिट्रेचर', पृ. 59-81

6 छेदसूत्र : निसीह, महानिसीह, ववहार, आचारदसा, कप्प (बृहत्कल्प), पंचकप्प।

4 मूलसूत्र : उत्तरज्झयण, आवस्सय, दसवेयालिय, पिंडनिज्जुति।

नंदि और अनुयोग।

आगम ग्रन्थ काफ़ी प्राचीन हैं, तथा जो स्थान वैदिक साहित्य में वेद और बौद्ध साहित्य में त्रिपिटक का है, वही स्थान जैन-साहित्य में आगमों का है। आगम ग्रन्थों में महावीर के उपदेशों तथा जैन संस्कृति से सम्बन्ध रखनेवाली अनेक कथा-कहानियों का संकलन है।

जैन परम्परा के अनुसार महावीर-निर्वाण (ईसवी सन् के पूर्व 527) के 160 वर्ष पश्चात् (लगभग ईसवी सन् के 367 पूर्व) मगध देश में बहुत भारी दुष्काल पड़ा, जिसके फलस्वरूप जैन भिक्षुओं को अन्यत्र विहार करना पड़ा। दुष्काल समाप्त हो जाने पर जैन श्रमण पाटलिपुत्र (पटना) में एकत्रित हुए और यहाँ खण्ड-खण्ड करके ग्यारह अंगों का संकलन किया गया, बारहवाँ अंग किसी को स्मरण नहीं था, इसलिए उसका संकलन न किया जा सका। इस सम्मेलन को पाटलिपुत्र-वाचना के नाम से कहा जाता है। कुछ समय पश्चात् जब आगम-साहित्य का फिर विच्छेद होने लगा तो महावीर निर्वाण के 827 या 840 वर्ष बाद (ईसवी सन् 300-313 में) जैन साधुओं के दूसरे सम्मेलन हुए। एक आर्यस्कन्दिल की अध्यक्षता में मथुरा में और दूसरा नागार्जुन सूरि की अध्यक्षता में वलभी में। मथुरा के सम्मेलन को माथुरी-वाचना के नाम से कहा जाता है। तत्पश्चात् लगभग 150 वर्ष बाद, महावीर निर्वाण के 980 या 993 वर्ष बाद (ईसवी सन् 453-466 में) वलभी में देवर्धिगणि क्षमाश्रमण की अध्यक्षता में साधुओं का चौथा सम्मेलन हुआ, जिसमें सुव्यवस्थित रूप से आगमों का अन्तिम बार संकलन किया गया। इसे वलभी-वाचना के नाम से कहा जाता है। वर्तमान आगम इसी संकलना का रूप है।

जैने आगमों की उक्त तीन संकलनाओं के इतिहास से पता लगता है कि समय-समय पर आगम-साहित्य को काफ़ी क्षति उठानी पड़ी, और यह साहित्य अपने मौलिक रूप में सुरक्षित नहीं रह सका। यही कारण मालूम होता है कि बौद्धों के विपुल साहित्य के मुकाबले में यह साहित्य बहुत न्यून है, तथा इस साहित्य में विकार आ जाने से ही सम्भवतः दिगम्बर सम्प्रदाय ने इसे मानना अस्वीकार कर दिया। जो कुछ भी हो, इस समय तो जैनों के पास यही निधि अवशेष है जिसके सहारे जैन संस्कृति का ढाँचा तैयार किया जा सकता है। इन नष्ट-भ्रष्ट, छिन्न-विच्छिन्न आगम ग्रन्थों में अब भी ऐतिहासिक और अर्ध-ऐतिहासिक इतनी विपुल सामग्री है कि उसके आधार पर भारत के प्राचीन इतिहास का एक महत्त्वपूर्ण अध्याय लिखा जा सकता है।

ईसा के पूर्व लगभग चौथी शताब्दी से लगाकर ईसवी सन् पाँचवीं शताब्दी

तक की भारतवर्ष की आर्थिक तथा सामाजिक दशा का चित्रण करनेवाला यह साहित्य अनेक दृष्टियों से महत्त्व का है। आयारंग, सूयगडं, उत्तरज्झयण, दसवेयालिय आदि आगम ग्रन्थों में जो जैन भिक्षुओं के आचार-विचारों का विस्तृत वर्णन है, वह बौद्धों के धम्मपद, सुत्तनिपात तथा महाभारत (शान्तिपर्व) आदि ग्रन्थों से बहुत अंशों में मेल खाता है, और डॉ. विण्टरनीज़ आदि विद्वानों के कथनानुसार वह श्रमण-काव्य (Ascetic poetry) का प्रतीक है। भाषा और विषय आदि की दृष्टि से जैन आगमों का यह भाग सबसे प्राचीन मालूम होता है।

भगवती, कल्पसूत्र, ओवाइय, ठाणांग, निरयावलि आदि ग्रन्थों में श्रमण भगवान् महावीर, उनकी चर्या, उनके उपदेशों तथा तत्कालीन राजा, राजकुमार और उनके युद्ध आदि का विस्तृत वर्णन है, जिससे जैन इतिहास की लुप्तप्राय अनेक अनुश्रुतियों का पता लगता है। नायाधम्मकहा, उवासगदसा, अन्तगडदसा, अनुत्तरोववाइयदसा, विवागसुय आदि ग्रन्थों में महावीर द्वारा कही हुई अनेक कथा-कहानियाँ तथा उनकी अनेक शिष्य-शिष्याओं का वर्णन है, जिससे जैन-परम्परा-सम्बन्धी अनेक बातों का परिचय मिलता है। रायपसेणिय, जीवाभिगम, पन्नवणा आदि ग्रन्थों में वास्तुशास्त्र, संगीत, वनस्पति आदि सम्बन्धी अनेक महत्त्वपूर्ण विषयों का वर्णन है जो प्रायः अन्यत्र उपलब्ध नहीं होता।

छेदसूत्रों में साधुओं के आहार-विहार तथा प्रायश्चित्त आदि का विस्तृत वर्णन है, जिसकी तुलना बौद्धों के विनयपिटक से की जा सकती है। बृहत्कल्पसूत्र (1-50) में बताया गया है कि जब महावीर साकेत (अयोध्या) के सुभूमिभाग नामक उद्यान में विहार करते थे तो उस समय उन्होंने अपने भिक्षु-भिक्षुणियों को साकेत के पूर्व में अंग-मगध तक, दक्षिण में कौशाम्बी तक, पश्चिम में थूणा (स्थानेश्वर) तक, तथा उत्तर में कुणाला (उत्तरकोसल) तक विहार करने की अनुमति दी। इससे पता लगता है कि आरम्भ में जैनधर्म का प्रचार सीमित था, तथा जैन श्रमण मगध और उत्तरप्रदेश के कुछ हिस्सों को छोड़कर अन्यत्र नहीं जा सकते थे। निस्सन्देह छेदसूत्रों का यह भाग उतना ही प्राचीन है जितने स्वयं महावीर।

तत्पश्चात् राजा कनिष्क के समकालीन मथुरा के जैन शिलालेखों में जो भिन्न-भिन्न गण, कुल और शाखाओं का उल्लेख है, वह भद्रबाहु के कल्पसूत्र में वर्णित गण, कुल और शाखाओं के साथ प्रायः मेल खाता है। इससे भी जैन आगम ग्रन्थों की प्रामाणिकता का पता चलता है। वस्तुतः इस समय तक जैन-परम्परा में श्वेताम्बर और दिगम्बर का भेद नहीं मालूम होता। जैन आगमों के विषय, भाषा आदि में जो पालि त्रिपिटक से समानता है, वह भी इस साहित्य की प्राचीनता को द्योतित करती है।

पालि-सूत्रों की अट्ठकथाओं की तरह आगमों की भी अनेक टीका-टिप्पणियाँ, दीपिका, विवृत्ति, विवरण, अवचूरि आदि लिखी गयी हैं। इस साहित्य को सामान्यतया

निर्युक्ति, भाष्य, चूर्णि और टीका—इन चार विभागों में विभक्त किया जा सकता है; आगम को मिलाकर इसे पंचांगी के नाम से कहते हैं। आगम साहित्य की तरह यह साहित्य भी बहुत महत्त्व का है। इसमें आगमों के विषय का विस्तार से प्रतिपादन किया गया है। इस साहित्य में अनेक अनुश्रुतियाँ सुरक्षित हैं, जो ऐतिहासिक दृष्टि से अत्यन्त महत्त्वपूर्ण हैं। बृहत्कल्पभाष्य, व्यवहारभाष्य, निशीथचूर्णि, आवश्यकचूर्णि, आवश्यकटीका, उत्तराध्ययनटीका आदि टीका-ग्रन्थों में पुरातत्त्व-सम्बन्धी विविध सामग्री भरी पड़ी है, जिससे भारत के रीति-रिवाज, मेले-त्यौहार, साधु-सम्प्रदाय, दुष्काल, बाढ़, चोर-लुटेरे, सार्थवाह, व्यापार के मार्ग, शिल्प, कला, भोजन-वस्त्र, मकान, आभूषण आदि विविध विषयों पर बहुत कुछ प्रकाश पड़ता है।

लोककथा और भाषाशास्त्र की दृष्टि से भी यह साहित्य बहुत महत्त्व का है। डॉ. विण्टरनीज़ के शब्दों में—"जैन टीका-ग्रन्थों में भारतीय प्राचीन कथा-साहित्य के अनेक उज्ज्वल रत्न विद्यमान हैं, जो अन्यत्र उपलब्ध नहीं होते।"[1]

चूर्णि-साहित्य में प्राकृत मिश्रित संस्कृत का उपयोग किया गया है, जो भाषाशास्त्र की दृष्टि से विशेष महत्त्व का है, और साथ ही यह उस महत्त्वपूर्ण काल का द्योतक है जब जैन विद्वान् प्राकृत का आश्रय छोड़कर संस्कृत भाषा की ओर बढ़ रहे थे। प्रस्तुत संग्रह की कहानियाँ अधिकतर इसी टीका-साहित्य में से ली गयी हैं।

प्रस्तुत कहानी-संग्रह

प्रस्तुत कहानी-संग्रह को तीन भागों में विभक्त किया गया है—लौकिक, ऐतिहासिक और धार्मिक। पहले विभाग में 36, दूसरे में 15 और तीसरे में 14 कहानियाँ हैं।

लौकिक कथाओं में उन लोक-प्रचलित कथाओं का संग्रह है जो भारत में बहुत प्राचीनकाल से चली आ रही हैं, और जिनका किसी सम्प्रदाय या धर्म से कोई सम्बन्ध नहीं है। इस विभाग में दो कहानियाँ 'नायाधम्मकहा' (ज्ञातृधर्मकथा) में से ली गयी हैं। इन कहानियों में 'चावल के पाँच दाने' (नायाधम्म 7) कहानी कुछ रूपान्तर के साथ मूल सर्वास्तिवाद के विनयवस्तु (पृ. 62), तथा बाइबिल (सेण्ट मैथ्यू की सुवार्ता 25; सेण्ट ल्यूक की सुवार्ता 19) में भी आती है। 'माकन्दीपुत्रों की कहानी' (नायाधम्म 9) काल्पनिक प्रतीत होने पर भी हृदयग्राही तथा शिक्षाप्रद है। इस प्रकार के लौकिक आख्यानों द्वारा भगवान् महावीर संयम की कठोरता और अनासक्ति भाव का उपदेश देते थे। यह कथा कुछ रूपान्तर के साथ वलाहस्स जातक (सं. 196) तथा दिव्यावदान में उपलब्ध होती है।

1. हिस्ट्री ऑब इण्डियन लिट्रेचर, भाग 2, पृ. 487

तत्पश्चात् दस कहानियाँ भाष्य-साहित्य (ईसवी सन् लगभग चौथी-पाँचवीं शताब्दी) बृहत्कल्प और व्यवहारभाष्य तथा उनकी टीकाओं में से ली गयी हैं। ये दोनों भाष्य भाषा तथा विषय-सामग्री की दृष्टि से अत्यन्त महत्त्वपूर्ण हैं। 'बिना विचारे करने का फल' (बृहत्कल्पभाष्यवृत्ति, पीठिका पृ. 56), 'घण्टीवाला गीदड़' (वही, पृ. 221), 'कपट का फल' (वही, उद्देश 1, पृ. 909) 'बन्दर और बया' (वही, पृ. 909-10) 'छोटों के बड़े काम' (व्यवहारभाष्यवृत्ति उद्देश 3, पृ. 7-अ), 'भिखारी का सपना' (वही, पृ. 8-अ), नामक कहानियाँ लोक-कथाओं के रूप में सर्वसाधारण में प्रचलित हैं। इनमें 'बिना विचारे करने का फल' हितोपदेश में 'घण्टीवाला गीदड़' तथा 'बन्दर और बया' कुछ रूपान्तर के साथ क्रम से दद्दभजातक (भाग 3, नं. 322), तथा कटिदूसक जातक (नं. 321) और पंचतन्त्र में पायी जाती हैं। 'कपट का फल' हितोपदेश और पंचतन्त्र में 'छोटों के बड़े काम' कथासरित्सागर (पृ. 311), शुकसप्तति (31), और कुछ रूपान्तर के साथ निग्रोधजातक में, तथा 'भिखारी का सपना' कहानी कुछ भिन्न रूप में धम्मपद अट्ठकथा (1, पृ. 302), पंचतन्त्र और तन्त्राख्यायिका में आती हैं। इनमें 'वैद्यराज या यमराज', 'तीनों में कौन अच्छा', 'सच्चा भक्त' और 'काम सच्ची उपासना है' कहानियाँ बड़ी हृदयग्राही और शिक्षाप्रद हैं।

इसके बाद पन्द्रह कहानियाँ चूर्णि साहित्य—आवश्यकचूर्णि (ईसवी सन् की 7वीं शताब्दी) और दशवैकालिकचूर्णि में से ली गयी हैं। इनमें 'लालची गीदड़' (आवश्यकचूर्णि, पृ. 168-9), 'कुंजड़ा और धूर्त' (वही, पृ. 546), 'पुरोहित की नीयत' (वही, पृ. 550), 'पढ़ो और गुनो भी' (वही, पृ. 553), 'बुढ़िया और उसकी पड़ोसिन' (दशवैकालिकचूर्णि, पृ. 98), और 'गीदड़ की राजनीति' (वही, पृ. 104-5) नामक लोककथाओं में से अनेक कहानियाँ पंचतन्त्र, हितोपदेश आदि कथाग्रन्थों में पायी जाती हैं। इनमें 'लालची गीदड़' कथासरित्सागर (पृ. 318) तथा मूल सर्वास्तिवाद के विनयवस्तु (पृ. 121-22) में आती है; यहाँ लालची गीदड़ की तुलना भिक्षु से की गयी है। 'अपना-अपना पुरुषार्थ' (दशवैकालिकचूर्णि, पृ. 103-4) का कुछ भाग महाउम्मग्ग जातक (भाग 6, नं. 546) तथा मूल सर्वास्तिवाद के विनयवस्तु (पृ. 65) में पाया जाता है। 'पढ़ो और गुनो भी' का रूपान्तर मूल सर्वास्तिवाद के विनयवस्तु (पृ. 29-30) में मिलता है, जहाँ चतुर शिष्य का काम बिम्बसार का पुत्र जीवक करता है।

इस विभाग की कई कहानियाँ पहेली-साहित्य की दृष्टि से अत्यन्त महत्त्व की हैं। 'पण्डित कौन?' (आवश्यकचूर्णि, पृ. 422-26), 'चतुर रोहक' (वही, पृ. 544-46), 'राजा का न्याय' (वही, पृ. 555-56), 'चतुराई का मूल्य' (वही, 2, पृ. 57-60) नामक कहानियाँ अत्यन्त मनोरंजक और कल्पनाशक्ति की परिचायक हैं। इनमें से अनेक कहानियाँ आजकल बीरबल और अकबर की कहानियों के नाम

से प्रचलित हैं। 'चतुर रोहक' का कुछ भाग महाउम्मग्गजातक में पाया जाता है, जहाँ रोहक का काम महोसध नामक मन्त्री करता है। 'पण्डित कौन?' का कुछ भाग रूपान्तर के साथ शुकसप्तति (28) में आता है। 'चतुराई का मूल्य' अरेबियन नाइट्स की शहरज़ादे के ढंग की कहानी है। शहरज़ादे की तरह कनकमंजरी भी हर रात को एक कहानी कहती है। 'राजा का न्याय' कुछ साधारण रूपान्तर के साथ गामणिचण्ड जातक (नं. 257) में मिलती है। 'दो मित्रों की कहानी' (आवश्यकचूर्णि, पृ. 551), कथासरित्सागर (पृ. 315), शुकसप्तति (39) तथा कुछ रूपान्तर के साथ कूटवाणिज जातक और पंचतन्त्र में पायी जाती है। 'कोक्कास बढ़ई' (आवश्यकचूर्णि, पृ. 540-41) से उस काल की शिल्पकला पर प्रकाश पड़ता है।

अन्य लौकिक कहानियों में 'घोड़ों का सईस' (आवश्यकचूर्णि, पृ. 554) 'सच्चा प्रेम' (वही, पृ. 554-55), 'मम्मण वणिक्' (मलयगिरी, आवश्यकटीका, पृ. 515), 'वृद्धजनों का मूल्य' (वही, पृ. 523-अ), 'तीन मन्त्रवादी' (नेमिचन्द्र, उत्तराध्ययन टीका, पृ. 5-5 अ) 'अट्टणमल्ल' (वही, पृ. 87 अ-79), 'विद्या का घड़ा' (वही, पृ. 110 अ-111), 'वणिक्पुत्रों की कहानी' (वही, पृ. 119-119 अ), 'स्त्रीदासों की कहानी' (पिण्डनिर्युक्ति, पृ. 461-73), 'कृतघ्न कौए' (वसुदेवहिण्डी, पृ. 33), और 'दो पायली सत्तू' (वही, पृ. 57) उल्लेखनीय हैं। वसुदेवहिण्डी यद्यपि आगम-ग्रन्थों में नहीं आता, फिर भी यह काफ़ी प्राचीन है।

दूसरा भाग ऐतिहासिक कहानियों का है जिसमें 15 कहानियाँ हैं। इनमें 'महावीर की प्रथम शिष्या चन्दनबाला' (आवश्यकचूर्णि, पृ. 316-20) 'कुशल मन्त्री अभयकुमार' (वही, 2 पृ. 159-63), 'व्यवसायी कृतपुण्य' (वही, पृ. 467-69), 'रानी मृगावती' (वही, पृ. 87-91), 'राजा उद्रायण और प्रद्योत का युद्ध' (वही, पृ. 399-401), 'श्रेणिक की मृत्यु' (वही, 2, पृ. 166-72), 'कूणिक और चेटक का महायुद्ध' (वही, पृ. 172-74), 'कल्पक की चतुराई' (वही, पृ. 180-83), 'चाणक्य की कूटनीति' (वही, पृ. 563-65) 'राजा शालिवाहन और नभोवाहन' (वही, 2, पृ. 200-201) नामक दस कहानियाँ आवश्यकचूर्णि मे से, 'रानी चेलना का सतीत्व' (बृहत्कल्पभाष्यवृत्ति पीठिका, पृ. 57-58), और 'अशोक का पुत्र कुणाल' (वही, पृ. 88-89), बृहत्कल्पभाष्यवृत्ति में से, 'राजा प्रद्योत और मदनमंजरी' (उत्तराध्ययनटीका, पृ. 135), और 'विक्रमराज मूलदेव' (वही, पृ. 59-65) तथा 'शकवंश की उत्पत्ति' निशीथचूर्णि (10, पृ. 59) में से ली गयी हैं।

इन कहानियों का संकलन यथासम्भव ऐतिहासिक क्रम से किया गया है। महावीर और बुद्ध के समकालीन अनेक राजा-रानियों का उल्लेख प्राकृत और पालि साहित्य में आता है। जैनों ने इन राजाओं को जैन कहा है और बौद्धों ने बौद्ध। वस्तुतः राजाओं का कोई धर्मविशेष नहीं होता। वे प्रत्येक महान् पुरुष की सेवा-उपासना करने में अपना धर्म समझते हैं। इसके अतिरिक्त, प्राचीनकाल में

साम्प्रदायिकता का वैसा जोर नहीं था जैसा हम उत्तरकाल में पाते हैं। इसीलिए उस समय जो साधु-सन्त नगरी में पधारते थे, उनके आगमन को अपना अहोभाग्य समझकर नगर के नर-नारी उनके दर्शनार्थ जाते थे। ऐसी दशा में श्रेणिक (बिम्बिसार), कूणिक (अजातशत्रु) और चन्द्रगुप्त आदि राजाओं के विषय में सम्भवतः यह कहना कठिन है कि वे महावीर के विशेष अनुयायी थे या बुद्ध के।

जैन ग्रन्थों के अनुसार श्रेणिक और उनकी पटरानी चेलना श्रमण भगवान् महावीर के परम उपासक थे। कूणिक चेलना का पुत्र था, जो अपने पिता को मारकर गद्दी पर बैठा था। अभयकुमार श्रेणिक का दूसरा पुत्र था जो एक कुशल राजमन्त्री था। अभयकुमार की बुद्धिमत्ता की अनेक कहानियाँ जैनग्रन्थों में आती हैं। जैन-परम्परा में अभयकुमार ने श्रेणिक की मौजूदगी में महावीर के पास जाकर दीक्षा ली थी। बौद्धों के मूल सर्वास्तिवाद के विनयवस्तु (पृ. 12-3) में भी अजातशत्रु को वैदेही चेला का पुत्र बताया गया है। चेला वैशाली के सिंह सेनापति की पुत्री थी और राजा बिम्बिसार इसका अपहरण करके ले गया था। बौद्धों की दूसरी परम्परा में, बिम्बिसार की रानी का नाम कोसलदेवी बताया गया है, जो राजा प्रसेनजित् की बहन थी। पितृघातक अजातशत्रु उसी का पुत्र था, जिसका विस्तृत वर्णन दीर्घनिकाय की अट्ठकथा में आता है। विनयवस्तु (पृ. 29-32) के अनुसार अभय राजकुमार आम्रपाली गणिका का पुत्र था जो राजा बिम्बिसार से पैदा हुआ था। बौद्धों की दूसरी परम्परा में, अभय राजकुमार को उज्जयिनी की पद्मावती नामक गणिका का पुत्र कहा है। बौद्धों के कथनानुसार पहले वह महावीर का भक्त था, बाद में बुद्ध का अनुयायी हो गया था।

श्रेणिक के समकालीन राजाओं में जैन ग्रन्थों में चम्पा के राजा दधिवाहन, कौशाम्बी के राजा उदयन, उज्जयिनी के राजा प्रद्योत और वीतिभय के राजा उद्रायण का उल्लेख मिलता है। इन राजाओं के साथ वैशाली के राजा चेटक ने, जो भगवान् महावीर का मामा था, अपनी कन्याओं का विवाह किया था। उज्जयिनी का राजा बहुत क्रूर माना जाता था, इसलिए वह चण्डप्रद्योत के नाम से प्रख्यात था। उसने श्रेणिक, शतानीक, उद्रायण आदि राजाओं के साथ युद्ध किये थे। कूणिक और चेटक के युद्ध का विस्तृत वर्णन जैन ग्रन्थों में आता है। बौद्ध ग्रन्थों में प्रद्योत, उदयन और उद्रायण नामक राजाओं के उल्लेख मिलते हैं। प्रद्योत की कन्या वासवदत्ता का उदयन द्वारा अपहरण करके ले जाने का उल्लेख जैन, बौद्ध और ब्राह्मण तीनों के ग्रन्थों में आता है।

तत्पश्चात् नन्द राजाओं का जिक्र आता है। जैन-परम्परा के अनुसार कूणिक का पुत्र उदायी बिना किसी उत्तराधिकारी के मर गया। उस समय एक नापित पाटलिपुत्र के सिंहासन पर बैठा, और यह प्रथम नन्द कहलाया। नन्दों का नाश कर चाणक्य ने चन्द्रगुप्त को किस प्रकार पाटलिपुत्र के सिंहासन पर बैठाया, इसका

विस्तृत वर्णन आवश्यकचूर्णि तथा बौद्धों की महावंस टीका में आता है।

मौर्यवंश का वर्णन करते हुए बृहत्कल्पसूत्रभाष्य (1.3278) में कहा है कि जैसे जौ बीच में मोटा और दोनों ओर से पतला होता है, उसी प्रकार मौर्यवंश के विषय में समझना चाहिए। मौर्यवंश का प्रथम राजा चन्द्रगुप्त बल, वाहन आदि राजविभूति में हीन था। उससे बड़ा बिन्दुसार, उससे बड़ा राजा अशोक तथा सबसे बड़ा राजा सम्प्रति था। सम्प्रति के पश्चात् मौर्यवंश की दिन-पर-दिन अवनति होती गयी। जैन ग्रन्थों में अवन्तिपति सम्प्रति का अत्यन्त सम्मानपूर्वक उल्लेख करते हुए उसे जैन श्रमणसंघ का महान् प्रभावक बताया गया है। जैसा कहा जा चुका है, सम्प्रति राजा के पूर्व जैनधर्म का प्रचार मगध और संयुक्तप्रान्त के कुछ भाग तक ही सीमित था, परन्तु सम्प्रति ने आन्ध्र, द्रविड़, महाराष्ट्र, कुर्ग आदि देशों में इसका प्रचार किया। वस्तुतः जो स्थान बौद्धधर्म में अशोक को प्राप्त है, वही सम्प्रति को जैनधर्म में समझना चाहिए।

कुणाल के अन्धे होने की कथा दिव्यावदान आदि बौद्ध ग्रन्थों में भी आती है, जहाँ उसकी सौतेली माँ का नाम तिष्यरक्षिता बताया गया है।

तत्पश्चात् उज्जयिनी के राजा गर्दभिल्ल का जिक्र आता है। जैन-परम्परा के अनुसार, ईरान के शाहों ने गर्दभिल्ल को हराकर उज्जयिनी में अपना राज्य कायम किया। उसके बाद गर्दभिल्ल के पुत्र विक्रमादित्य ने शाहों को हराकर फिर से उज्जयिनी पर अधिकार कर लिया। इसी समय से विक्रम संवत् का आरम्भ हुआ माना जाता है। ईरान के दूसरे बादशाह नभोवाहन या नहपान का उल्लेख जैनग्रन्थों में आता है। नभोवाहन भरनयकच्छ (भड़ौंच) में राज्य करता था, और उसके पास अटूट धन था।

नभोवाहन और पइट्ठान (पैठन) के राजा शालिवाहन (शातवाहन) के युद्ध का उल्लेख आता है, जिसमें अन्त में शालिवाहन की विजय बतायी गयी है। शालिवाहन के मन्त्री के अपने राजा को छोड़कर नभोवाहन से जा मिलने-सम्बन्धी कूटनीति की तुलना अजातशत्रु के मन्त्री वर्षकार के लिच्छवियों से जा मिलने के साथ की जा सकती है।

अन्तिम कहानी 'विक्रमराज मूलदेव' की है। मूलदेव का उल्लेख कामशास्त्र में आता है। उसे स्तेयशास्त्र का प्रवर्तक कहकर धूर्तशिरोमणि के रूप में उसका उल्लेख किया गया है।

इन कहानियों से प्राचीन भारत की सामाजिक अवस्था पर भी प्रकाश पड़ता है। उस समय के सामन्त लोग बहुत विलासी होते थे, बहुपत्नीत्व प्रथा का चलन था, कूटनीति के दाँव-पेंच काम में लाये जाते थे, महायुद्ध होते थे, राजा की आज्ञा न पालन करनेवाले को कठोर दण्ड दिया जाता था, कैदियों को बन्दीगृह में कड़ी यातनाएँ भोगनी पड़ती थीं, सामन्त लोग छोटी-छोटी बातों पर लड़ बैठते थे। राजा

यथासम्भव क्षत्रियधर्म का पालन करते थे, शरणागत की रक्षा करना परम धर्म समझते थे, और निःशस्त्र पर हाथ उठाना क्षत्रियत्व का अपमान समझते थे। राजा और सेठ-साहूकार अतुल धन-सम्पत्ति के स्वामी होते थे। साधारणतया लोग खुशहाल थे, परन्तु दरिद्रता का अभाव नहीं था। दास-प्रथा मौजूद थी, ऋण आदि न चुका सकने के कारण दास-वृत्ति अंगीकार करनी पड़ती थी। स्त्रियों की दशा बहुत अच्छी नहीं थी, यद्यपि वे मेले-उत्सव आदि के अवसरों पर स्वतन्त्रतापूर्वक बाहर आ-जा सकती थीं। वेश्याएँ नगरी की शोभा मानी जाती थीं, और राजा उनके सत्यबल की प्रशंसा करता था। व्यापार बहुत तरक्की पर था। व्यापारी लोग दूर-दूर तक अपना माल लेकर बेचने जाते थे।

तीसरा विभाग धार्मिक विभाग है जिसमें 14 कहानियाँ हैं। इसमें 'यक्ष या लकड़ी का ठूँठ?' (अंतगडदसाओ 6), 'धूर्तराज मूलदेव और उनके साथी' (निशीथचूर्णि, पीठिका), 'मुनि आर्द्रककुमार का गृहत्याग' (सूत्रकृतांगचूर्णि, पृ. 415-16), 'ऋषिकुमार वल्कलचीरी' (आवश्यकचूर्णि, पृ. 456-60), 'जिनदत्त का कौशल' (वही, पृ. 531-32), 'राजा करकण्डु' (वही, 2, पृ. 204-7), 'शम्ब की कील' (बृहत्कल्प-भाष्यवृत्ति पीठिका, पृ. 57), 'शम्ब की वीरता' (वही, पृ. 56-57), 'रोहिणेय चोर' (व्यवहारभाष्यवृत्ति 3, पृ. 67 अ), तथा 'चाण्डाल-पुत्रों की कहानी' (उत्तराध्ययनटीका, पृ. 185-97), 'द्वारका-दहन' (वही, पृ. 36अ-44), 'कपिल मुनि' (वही, पृ. 123 अ-25), 'गंगा की उत्पत्ति' (वही, पृ. 233 अ-36) और 'राजीमती की दृढ़ता' (वही, पृ. 276-82) उत्तराध्ययनटीका में से ली गयी हैं। इन कहानियों में प्रायः श्रमण भगवान् महावीर के निर्ग्रन्थ धर्म का प्रभाव प्रतिपादन किया गया है।

अर्जुनक माली की कहानी से पता लगता है कि आज से ढाई हज़ार वर्ष पहले भी लोग यक्ष आदि देवी-देवताओं की मूर्ति को निष्प्राण समझते थे। रोहिणेय चोर की कहानी शिक्षाप्रद है। इसी प्रकार के चोर-डाकुओं को अपने धर्म में दीक्षित कर महावीर और बुद्ध अपने धर्म का प्रचार करते थे। 'शम्ब की कील' और 'शम्ब का साहस' नामक कहानियों में युवक-स्वभाव का सुन्दर चित्रण है। आर्दककुमार की कहानी से पता लगता है कि कठिन प्रसंग उपस्थित होने पर बड़े ऋषि-मुनि भी संयम से डिग जाते थे। इसी प्रकार की एक कथा धम्मद अट्ठकथा (पृ. 306-7) में आती हैं। वल्कलचीरी की कथा कुछ रूपान्तर के साथ बौद्धों की उदान-अट्ठकथा में आती है, जहाँ वल्कलचीरी को बुद्ध का भक्त बताया है। 'जिनदत्त का कौशल' कहानी धर्मप्रचार की दृष्टि से प्रभावोत्पादक है। इसका रूपान्तर शुकसप्तति (61) में पाया जाता है। 'राजा करकण्डु' की कथा बौद्ध जातकों में भी आती है, जहाँ करकण्डु, दुर्मुख, नमि और नग्नजित् की गणना प्रत्येक-बुद्धों में की गयी है। 'चाण्डाल-पुत्रों की कहानी' से पता लगता है कि बुद्ध और महावीर के जातिवाद के विरुद्ध घोर

प्रचार करने पर भी समाज में शूद्र-अशूद्र की भावना का नाश नहीं हुआ था। स्पष्ट है कि महावीर के धर्म में जाति-पाँति के लिए कोई स्थान नहीं था। द्वीपायन ऋषि की कथा कण्हदीपायन जातक (भाग 4, नं. 444) में आती है। 'कपिल मुनि' धार्मिक साहित्य का एक सुन्दर उपाख्यान कहा जा सकता है। 'गंगा की उत्पत्ति' से मालूम होता है कि जैन और ब्राह्मणों के पौराणिक आख्यानों को अपनाकर किस तरह लोकधर्म के साथ आगे बढ़े थे। इसके कुछ भाग की तुलना थेरीगाथा की अट्ठकथा (पृ. 174 आदि) की कहानी से की जा सकती है। 'राजीमती की दृढ़ता' एक प्रभावोत्पादक आख्यान है जो स्त्री जाति के चरित्र की उज्ज्वलता का द्योतक है। ऋग्वेद (10, 10) में यम और यमी के संवाद रूप में इस प्रकार का एक आख्यान मिलता है।

उक्त सभी कहानियाँ शिक्षाप्रद और प्रभावोत्पादक हैं। इनकी शैली सरल है, तथा ये बहुत मनोरंजक और बुद्धिवर्धक हैं। ये कहानियाँ साम्प्रदायिकता और संकुचितता से दूर हैं। इससे पता लगता है कि प्रत्येक धर्म मूल में कितना असाम्प्रदायिक होता है, और धीरे-धीरे वह किस प्रकार साम्प्रदायिक तथा संकुचित बन जाता है। महावीर और बुद्ध इसी प्रकार के आख्यानों द्वारा बाल, वृद्ध, स्त्री तथा अनपढ़ जनता में सदाचरण, संयम और समता की भावना का प्रचार करते थे। भारतीय संस्कृति का यही मूल मन्त्र था।

—जगदीशचन्द्र जैन

28, शिवाजी पार्क, बम्बई-28
26 जनवरी 1965

लौकिक कहानियाँ

चावल के पाँच दाने

राजगृह में धन्य नाम का एक धनी और बुद्धिमान व्यापारी रहता था। उसके चार पतोहुएँ थीं जिनके नाम थे उज्झिका, भोगवती, रक्षिका और रोहिणी।

एक दिन धन्य ने सोचा, मैं अपने कुटुम्ब में सबसे बड़ा हूँ और सब लोग मेरी बात मानते हैं। ऐसी हालत में यदि मैं कहीं चला जाऊँ, बीमार हो जाऊँ, किसी कारण से काम की देखभाल न कर सकूँ, परदेश चला जाऊँ या मर जाऊँ तो मेरे कुटुम्ब का क्या होगा? कौन उसे सलाह देगा, और कौन मार्ग दिखाएगा?

यह सोचकर धन्य ने बहुत-सा भोजन बनवाया और अपने सगे-सम्बन्धियों को निमन्त्रित किया।

भोजन के बाद जब सब लोग आराम से बैठे थे तब धन्य ने अपनी पतोहुओं को बुलाकर कहा, "देखो बेटियो, मैं तुम सबको धान के पाँच-पाँच दाने देता हूँ। इन्हें सँभालकर रखना और जब मैं माँगूँ मुझे लौटा देना।"

चारों पतोहुओं ने जवाब दिया, 'पिताजी की जो आज्ञा', और वे दाने लेकर चली गयीं।

सबसे बड़ी पतोहू उज्झिका ने सोचा, "मेरे ससुर के कोठार में मनों धान भरा पड़ा है, जब वे माँगेंगे कोठार में-से लाकर दे दूँगी।" और उसने उन दानों को फेंक दिया और काम में लग गयी।

दूसरी पतोहू भोगवती ने भी यही सोचा कि मेरे ससुर के कोठार में मनों धान भरा पड़ा है। उन दानों का छिलका उतारकर वह खा गयी।

तीसरी पतोहू रक्षिका ने सोचा कि ससुर जी ने बहुत-से लोगों को बुलाकर उनके सामने हमें जो धान के दाने दिये हैं, और उन्हें सुरक्षित रखने को कहा है, अवश्य ही इसमें कोई रहस्य होना चाहिए। उसने उन दानों को एक साफ़ कपड़े में बाँध, अपने रत्नों की पिटारी में रख दिया, और उसे अपने सिरहाने रखकर सुबह-शाम उसकी चौकसी करने लगी।

चौथी पतोहू रोहिणी के मन में भी यही विचार उठा कि ससुर जी ने कुछ सोचकर ही हम लोगों को धान के दाने दिये हैं। उसने अपने नौकरों को बुलवाकर कहा, "ज़ोर की वर्षा होने पर छोटी-छोटी क्यारियाँ बनाकर इन धानों को खेत में

बो दो। फिर इन्हें दो-तीन बार निदाईं-गुड़ाई करके एक स्थान से दूसरे स्थान पर रोपो, और इनके चारों ओर बाड़ लगाकर इनकी रखवाली करो।"

नौकरों ने रोहिणी के आदेश का पालन किया, और जब हरे-हरे धान पककर पीले पड़ गये, उन्हें एक तेज दँतिया से काट लिया। फिर धानों को हाथ से मला और उन्हें साफ़ करके कोरे घड़ों में भर घड़ों को लीप-पोतकर, उन पर मोहर लगाकर कोठार में रखवा दिया। दूसरे साल वर्षा ऋतु आने पर फिर से इन धानों को खेत में बोया और पहले की तरह काटकर साफ़ करके घड़ों में भर दिया।

इसी प्रकार तीसरे और चौथे वर्ष किया। इस तरह उन पाँच दानों के बढ़ते-बढ़ते सैकड़ों घड़े धान हो गये। घड़ों को कोठारे में सुरक्षित रख रोहिणी निश्चिन्त होकर रहने लगी।

चार वर्ष बीत जाने के बाद एक दिन धन्य ने सोचा कि मैंने जो अपनी पतोहुओं को धान के दाने दिये थे, उन्हें बुलाकर पूछना चाहिए कि उन्होंने उनका क्या किया।

धन्य ने फिर अपने सगे-सम्बन्धियों को निमन्त्रित किया और उनके सामने पतोहुओं को बुलाकर उनसे धान के दाने माँगे।

पहले उज्झिका आयी। उसने अपने ससुर के कोठार में से धान के पाँच दाने उठाकर ससुर जी के सामने रख दिये।

धन्य ने अपनी पतोहू से पूछा कि ये वही दाने हैं या दूसरे?

उज्झिका ने उत्तर दिया, "पिताजी, उन दानों को तो मैंने उसी समय फेंक दिया था। ये दाने आपके कोठार में से लाकर मैंने दिये हैं।"

यह सुनकर धन्य को बहुत क्रोध आया। उसने उज्झिका को घर के झाड़ने-पोंछने और सफाई करने के काम में नियुक्त कर दिया।

तत्पश्चात् भोगवती आयी। धन्य ने उसे खोटने, पीसने और रसोई बनाने के काम में लगा दिया।

उसके बाद रक्षिका आयी। उसने अपनी पिटारी से धान के पाँच दाने निकालकर अपने ससुर के सामने रख दिये। इस पर धन्य प्रसन्न हुआ और उसे अपने माल-ख़ज़ाने की स्वामिनी बना दिया।

अन्त में रोहिणी की बारी आयी। उसने कहा, "पिताजी, जो धान के दाने आपने दिये थे, उन्हें मैंने घड़ों में भरकर कोठार में रख दिया है, उन्हें यहाँ लाने के लिए गाड़ियों की आवश्यकता होगी।"

धानों के घड़े मँगाये गये। धन्य अत्यन्त प्रसन्न हुआ।

रोहिणी को उसने सब घर-बार की मालकिन बना दिया।

माकन्दीपुत्रों की कहानी

चम्पा नगरी में माकन्दी नाम का एक बड़ा व्यापारी रहता था। उसके जिनपालित और जिनरक्षित नाम के दो पुत्र थे। माकन्दी के दोनों पुत्र बड़े चतुर और साहसी थे। उन्होंने लवण-समुद्र (हिन्दमहासागर) की ग्यारह बार यात्रा कर बहुत-सा धन संचित किया था।

एक बार जिनपालित और जिनरक्षित ने सोचा कि एक बार फिर से समुद्रयात्रा कर धन कमाना चाहिए।

दोनों ने अपने माता-पिता के सामने यात्रा का प्रस्ताव रखा।

माता-पिता ने अपने पुत्रों के फिर से समुद्रयात्रा के विचार को पसन्द न किया। उन्होंने कहा, "तुम्हारे पास धन-सम्पत्ति की कमी नहीं, फिर तुम व्यर्थ ही अपनी जान क्यों जोखिम में डालते हो? लवण-समुद्र की यात्रा करके कुशलतापूर्वक लौटना कोई आसान काम नहीं, अतएव तुम लोग समुद्रयात्रा का विचार छोड़ दो।" परन्तु उन्होंने अपने माता-पिता की बात न मानी और अपनी नाव में बहुत-सा माल भरकर वे विदेशयात्रा को चल पड़े।

कुछ दूर पहुँचने पर आकाश में बादल घिर आये, बादल गरजने लगे, बिजली कड़कने लगी और हवा चलने लगी। देखते-देखते नाव उछलने लगी, गेंद की तरह ऊपर-नीचे जाने लगी। उसके तख्ते टूटकर गिरने लगे, जोड़ें फटने लगीं, कीलें गिरने लगीं, नाव की रस्सियाँ टूट गयीं, पतवारें जाती रहीं, ध्वजा के डण्डे नष्ट हो गये, तथा नाविक और व्यापारी सब घबरा उठे। नाव एक पहाड़ से टकराकर चूर-चूर हो गयी। माल-असबाब समुद्र में डूब गया और व्यापारियों को अपने प्राणों से हाथ धोना पड़ा।

सौभाग्य से जिनपालित और जिनरक्षित के हाथ लकड़ी का एक तख्ता लग गया और वे दोनों तैरते-तैरते रत्नद्वीप में आ लगे। यह द्वीप बहुत-से वृक्षों से शोभित, अत्यन्त विशाल और मनोहर था। इसके बीच में एक सुन्दर महल था, जिसमें एक देवी निवास करती थी।

दोनों ने यहाँ आराम किया और कुछ फल-फूल खाकर अपना पेट भरा। उन्होंने नारियल के तेल की शरीर में मालिश की। फिर दोनों ने पोखर में स्नान किया और एक शिला पर बैठकर बीती हुई बातों को सोचने लगे—माता-पिता से

लड़-भिड़कर उन्होंने उनकी अनुमति प्राप्त की, चम्पा से विदा हुए। मार्ग में हवा चली, नाव चकनाचूर हो गयी, समुद्र को तैरकर पार किया।

उधर रत्नद्वीप की देवी को ज्यों ही जिनपालित और जिनरक्षित के आने के समाचार मिले, वह दौड़ी हुई आयी और लाल-लाल आँखें निकालकर कहने लगी, "हे माकन्दीपुत्रो! यदि तुम्हें अपना जीवन प्रिय है तो तुम इस महल में रहो, अन्यथा याद रखना, इस चमकती हुई तलवार से तुम्हारी धज्जियाँ उड़ा दूँगी।"

देवी के वचन सुनकर दोनों भाई भय से काँपने लगे। वे देवी के महल में रहने लगे।

एक बार देवी को इन्द्र का आदेश मिला कि वह लवण-समुद्र का कूड़ा-कचरा साफ़ करे। देवी ने माकन्दीपुत्रों को बुलाकर कहा, "देखो, मैं लवण-समुद्र साफ़ करने जा रही हूँ, तुम लोग यहीं रहना, इधर-उधर मत जाना। मन-बहलाव के लिए चाहो तो तुम पूर्व वन की ओर जा सकते हो। वहाँ सदा वर्षा और शरद् ऋतुएँ रहती हैं। वह स्थान बहुत-सी लताओं, पोखरिणियों और बावड़ियों से शोभित है। यदि तुम्हारा वहाँ भी मन न लगे तो तुम उत्तर वन की ओर जा सकते हो। वहाँ सदा शरद् और हेमन्त ऋतुएँ रहती हैं। वहाँ तुम्हें अनेक फूल-फुलवाड़ियाँ तथा सुन्दर पक्षी दिखाई देंगे। यदि वहाँ भी तुम्हारा मन न लगे तो तुम पश्चिम वन में सैर-सपाटे के लिए जा सकते हो। वहाँ सदा वसन्त और ग्रीष्म ऋतुएँ रहती हैं। वहाँ तुम आम, केसू, कनेर, अशोक आदि वृक्षों की शोभा का आनन्द लूट सकोगे। यदि वहाँ भी तुम्हें अच्छा न लगे तो तुम वापस महल में आ जाना, परन्तु भूलकर भी दक्षिण वन की ओर न जाना। यदि तुमने उस ओर जाने का नाम लिया, तो याद रखना, वहाँ तुम्हें विषैला अजगर जीता न छोड़ेगा।"

देवी के चले जाने के बाद माकन्दीपुत्रों ने थोड़ी देर तो महल में समय बिताया, फ़िर वे पूर्व वन में गये और वहाँ से उत्तर वन होते हुए पश्चिम वन में पहुँचे। उन्होंने सोचा कि देवी ने हमें दक्षिण वन में जाने के लिए मना किया है, हम लोग क्यों न वहाँ जाकर देखें?

दोनों दक्षिण वन की ओर रवाना हुए। थोड़ी दूर चलने पर उन्हें बड़ी दुर्गन्ध आयी। उन्होंने वस्त्र से अपना मुँह ढँक लिया और बड़ी कठिनता से आगे बढ़े। वहाँ उन्हें एक बड़ा भयानक वधस्थान दिखाई दिया, जहाँ हड्डियों के ढेर लगे थे और सूली पर लटका हुआ एक पुरुष करुण स्वर में कराह रहा था।

दोनों डरते-डरते उसके पास पहुँचे। मालूम हुआ कि वह देवी का वधस्थान है। पुरुष ने अपना परिचय देते हुए कहा, "मैं काकन्दी का रहनेवाला घोड़ों का एक व्यापारी हूँ। नाव में माल भरकर मैं परदेश जा रहा था। इतनें में समुद्र में एक तूफ़ान उठा और मेरी नाव समुद्र में डूब गयी। एक तख्ते के सहारे तैरता हुआ मैं रत्नद्वीप में आकर लगा। वहाँ से रत्नद्वीप की देवी मुझे अपने महल में ले गयी। एक दिन

कोई साधारण-सा अपराध हो जाने के कारण देवी ने मेरी यह दुर्दशा की।"

उस पुरुष की कहानी सुनकर माकन्दीपुत्र और भी डर गये और उससे देवी के पंजे से छुटकारा पाने का मार्ग पूछने लगे।

पुरुष ने कहा, "देखो, पूर्व वन में शैलक नाम का अश्वरूप-धारी एक यक्ष रहता है। वह प्रत्येक चतुर्दशी, अष्टमी, अमावस्या और पूर्णिमा को चिल्ला-चिल्लाकर कहता है, 'मैं किसकी रक्षा करूँ? किसे पार उतारूँ?' उस समय तुम लोग उसके पास जाना और उसकी पूजा करके उससे विनयपूर्वक प्रार्थना करना कि हे यक्ष, तू कृपा कर, हमारी रक्षा कर।"

यह सुनकर दोनों शीघ्रता से पूर्व वन की ओर चले। वहाँ पहुँचकर उन्होंने पोखर में स्नान किया, कमल के फूलों से यक्ष की उपासना की, और फिर उससे प्रार्थना करने लगे।

शैलक यक्ष ने उत्तर दिया, "देखो माकन्दीपुत्रो, मैं तुम्हारी रक्षा कर सकता हूँ, परन्तु जब मैं तुम्हें अपनी पीठ पर बैठाकर ले चलूँ तो उस समय रत्नद्वीप की देवी तुम्हें तरह-तरह से डराने-धमकाने की चेष्टा करेगी, उससे तुम विचलित न होना। उस समय यदि तुमने ज़रा भी इधर-उधर देखा तो मैं तुम्हें समुद्र में पटक दूँगा और वह देवी तुम्हें जीता न छोड़ेगी।"

माकन्दीपुत्रों ने यक्ष की बात मान ली। यक्ष ने अश्व का रूप बना, दोनों को अपनी पीठ पर चढ़ाया और बड़े वेग से वह चम्पा की ओर चल दिया।

इतने में रत्नद्वीप की देवी लौटकर आयी। उसने देखा कि माकन्दीपुत्र महल में नहीं हैं। उसने उन्हें पूर्व, उत्तर और पश्चिम में खोजना शुरू किया, मगर कहीं पता न चला। देवी समझ गयी कि दोनों भाग गये हैं।

उसने देखा कि दोनों शैलक की पीठ पर सवार हैं। उसने क्रोध में आकर अपनी तलवार निकाली और उनसे कहने लगी, "हे माकन्दीपुत्रो, तुम लोग कहाँ जा रहे हो? क्या तुम मौत से नहीं डरते? अब भी तुम लोग मेरी बात मान लो, नहीं तो इस तलवार से तुम्हारा सिर धड़ से अलग कर दूँगी।"

शैलक ने जब देखा कि जिनरक्षित के ऊपर देवी की बातों का असर हो रहा है तो उसने उसे अपनी पीठ से पटक दिया, और देवी ने अपनी तलवार से उसके टुकड़े-टुकड़े कर डाले।

देवी अब अट्टहास करती हुई जिनपालित के पीछे चली। उसने जिनपालित को डराने के अनेक प्रयत्न किये, परन्तु जिनपालित न डरा। देवी हारकर लौट गयी।

बिना विचारे करने का फल

किसी स्त्री ने एक नेवला पाल रखा था। वह नौले को दूध और लप्सी खाने को देती और उसे अच्छी तरह रखती थी।

एक बार की बात है कि स्त्री घर के दरवाज़े के पास अनाज खोट रही थी। अपने बच्चे को खाट से उतारकर उसने नीचे लिटा दिया था।

इतने में वहाँ एक सर्प आया और खाट के ऊपर चढ़ गया।

जब नेवले ने सर्प को खाट से उतरते देखा तो वह क्रोध में आकर उस पर झपटा और उसके टुकड़े-टुकड़े कर डाले।

सर्प को मारकर नेवला बहुत प्रसन्न हुआ।

वह ख़ून से सने हुए मुँह से जल्दी-जल्दी अपनी मालकिन के पास दौड़ा गया और उसके पैरों में लोटने लगा।

नेवले का मुँह ख़ून से सना देख स्त्री ने समझा कि अवश्य ही इस दुष्ट ने उसके बच्चे को खा लिया है। उसने झट से अपना मूसल उठाकर नेवले के दो टुकड़े कर डाले।

स्त्री दौड़ी-दौड़ी जब बच्चे के पास आयी तो उसने देखा कि बच्चा आराम से सो रहा है, और उसके पास एक काला सर्प मरा पड़ा है।

तीनों में कौन अच्छा?

किसी ब्राह्मणी के तीन लड़कियाँ थीं। ब्राह्मणी अपनी लड़कियों से बहुत प्रेम करती थी और चाहती थी कि वह उन्हें किसी अच्छे कुल में दे जिससे वे जीवन-भर सुखी रह सकें।

जब लड़कियाँ सयानी हुईं तो उनकी माँ ने उन्हें समझाया, "देखो बेटियो, विवाह के पश्चात् अपने पति से लात से बात करना।"

तीनों लड़कियों का विवाह हो गया और वे अपनी-अपनी ससुराल चली गयीं।

पहली लड़की ने जब अपने पतिदेव को लात मारी तो वह उसके चरणों को हाथ से सहलाता हुआ कहने लगा, "देवि, कहीं तुम्हारे फूल-जैसे इन कोमल चरणों को चोट तो नहीं पहुँची?"

लड़की ने यह बात अपनी माँ से कही। माँ ने कहा, "बेटी, तू निश्चिन्त होकर रह। तेरा पति तेरा दास बनकर रहेगा।"

दूसरी लड़की ने भी प्रथम परिचय में अपने पति को लात जमायी। पति ने साधारण क्रोध प्रदर्शित किया, परन्तु वह बिना कुछ विशेष कहे-सुने शान्त हो गया।

लड़की ने अपनी माँ से जाकर कहा। माँ बोली, "बेटी, तू निश्चिन्त रह। तेरा पति भी तेरा दास बनकर रहेगा। परन्तु तू उसे विशेष अप्रसन्न मत करना, मर्यादापूर्वक चलना।"

तीसरी लड़की ने भी यथावत् माँ के आदेश का पालन किया । जब उसने अपने पति के ऊपर पाद-प्रहार किया तो उसके पति ने रुष्ट होकर उसकी ख़ूब मरम्मत की, और गुस्से में आकर वहाँ से उठकर वह चला गया।

लड़की डरती-डरती अपनी माँ के पास पहुँची और उसे सब हाल कह सुनाया। माँ ने कहा, "बेटी, तू चिन्ता न कर। तुझे सर्वोत्तम वर मिला है। तू होशियारी से रहना। अपने पति की कभी अवज्ञा न करना। उसकी देवता के समान पूजा करना, क्योंकि नारियों का भर्ता ही देवता है।"

लड़की ने अपने पति के पास जाकर क्षमा माँगी। उसने कहा, "स्वामी, यह हमारे कुल में रिवाज चला आता है; किसी दुर्भावना से मैंने ऐसा नहीं किया।"

वैद्यराज या यमराज?

किसी नगर में एक राजा रहता था। जब राजा का वैद्य मर गया तो उसने कर्मचारियों से पूछा कि वैद्यजी के कोई पुत्र है या नहीं। मालूम हुआ कि वैद्यजी के पुत्र तो है, परन्तु पढ़ा-लिखा नहीं है।

राजा ने उसे बुलाकर कहा कि देखो यदि तुम कुछ पढ़-लिख लो तो हम तुम्हें तुम्हारे पिताजी के स्थान पर नियुक्त कर देंगे।

वैद्यपुत्र यह सुनकर बहुत प्रसन्न हुआ, और विद्याध्ययन के लिए परदेश चला गया।

वह एक वैद्य के पास विद्या पढ़ने लगा।

एक बार की बात है कि एक बकरी के गले में ककड़ी अटक गयी। बकरी का मालिक अपनी बकरी को वैद्यजी के पास लाया। वैद्यजी ने पूछा, "तुम्हारी बकरी कहाँ चरती थी?" उत्तर मिला–'बाड़े में।' वैद्यजी ने कहा "इसके गले में ककड़ी अटक गयी है।"

उन्होंने बकरी के गले में एक कपड़ा बाँधकर उसे इस तरह ऐंठा कि ककड़ी गले के बाहर आ गयी।

वैद्यपुत्र भी वहीं उपस्थित था। उसने सोचा, यह कोई वैद्यक की प्रक्रिया है जो इतनी जल्दी गले की ककड़ी बाहर आ गयी।

वैद्यपुत्र विद्या पढ़कर वापस आ गया।

राजा ने सोचा कि वैद्यपुत्र ने बहुत शीघ्र विद्या पढ़ ली है, वह बहुत बुद्धिमान् होना चाहिए। राजा ने उसका आदर-सत्कार किया और उसे राजवैद्य बना लिया।

एक बार रानी के गले में फोड़ा निकल आया। वैद्यजी को बुलाया गया। उन्होंने राजा के कर्मचारियों से पूछा, "बताओ, महारानी कहाँ चर रही थीं?" कर्मचारियों ने कहा, "हम पूछकर बताएँगे।" वैद्यराज ने कहा, "कोई बात नहीं, आप लोग कह दें–बाड़े में।"

कर्मचारियों ने सोचा कि शायद इसमें कुछ रहस्य हो, अतः उन्होंने वही कह दिया। वैद्यराज ने एक वस्त्र को रानी के गले में डालकर इस तरह ऐंठा कि रानी का साँस घुटने लगा और क्षण-भर में उसका प्राणान्त हो गया!

घण्टीवाला गीदड़

एक बार किसी किसान के खेत में ईख की ख़ूब फ़सल हुई। खेत में गीदड़ लगने लगे। किसान ने सोचा कि इस तरह तो ये गीदड़ सब ईख खा डालेंगे, अतएव उसने खेत के चारों ओर एक खाई खुदवा दी।

एक दिन एक गीदड़ इस खाई में गिर पड़ा। किसान ने उसे खाई में से निकलवा, उसके कान और पूँछ काट, व्याघ्र की खाल उढ़ा, उसके गले में एक घण्टी बाँधकर छोड़ दिया।

गीदड़ जंगल में भाग गया। ज़ब उसके साथियों ने उसे देखा तो वे भय के मारे भागने लगे। रास्ते में उन्हें भेड़िए मिले। भेड़ियों के पूछने पर उन्होंने कहा, "विचित्र शब्द करता हुआ कोई अद्‌भुत प्राणी दौड़ा आ रहा है, भाग जाओ।" भेड़िए भी भागने लगे। आगे चलकर उन्हें व्याघ्र मिले। वे भी डर के मारे इनके साथ भागने लगे। कुछ दूर पर चीते मिले। वे भी इनके साथ-साथ हो गये।

मार्ग में एक सिंह बैठा हुआ था। सबको भागते देख उसने भागने का कारण पूछा। उन्होंने कहा, "कोई अद्‌भुत प्राणी हम लोगों का पीछा कर रहा है, और उससे बचने का कोई उपाय नहीं है।"

इतने में घण्टीवाला गीदड़ वहाँ से गुजरा। सिंह ने उसके पास जाकर देखा तो मालूम हुआ कि गीदड़ है। सिंह ने उसे दबोचकर मार डाला!

सच्चा भक्त

किसी पर्वत के झरने के नीचे शिवजी का एक मन्दिर था। वहाँ बहुत-से लोग शिवजी की पूजा के लिए आते थे। इनमें दो भक्त मुख्य थे—एक ब्राह्मण और दूसरा भील। ब्राह्मण प्रतिदिन शिवजी का अभिषेक करता, उन पर फूल-पत्तियाँ चढ़ाता, गूगल जलाता तथा चन्दन का लेप करता था। भील के पास ये सब वस्तुएँ न थीं, इसलिए वह बेचारा हाथी के मद-जल से शिवजी का अभिषेक करता, उन पर जंगल की फूल-पत्तियाँ चढ़ाता और भक्ति-भाव से उनके सामने नृत्य करता था।

एक दिन ब्राह्मण जब मन्दिर में गया तो उसने देखा कि शिवजी भील से वार्तालाप कर रहे हैं। ब्राह्मण को यह अच्छा न लगा। उसने सोचा—मैं ब्राह्मण हूँ, भाँति-भाँति के बहुमूल्य पदार्थों से भगवान की पूजा करता हूँ, फिर भी भगवान मुझे छोड़कर इस भील से वार्तालाप करते हैं?

उसने शिवजी से पूछा, "भगवन्, क्या आप मुझसे असन्तुष्ट हैं? मैं ऊँचे कुल में पैदा हुआ हूँ, तथा बहुमूल्य पदार्थों से आपकी पूजा करता हूँ, जब कि यह भील निकृष्ट है और अपवित्र पदार्थों से आपकी उपासना करता है, फिर भी आप इसे चाहते हैं?" शिवजी ने उत्तर दिया, "ब्राह्मण, तुम ठीक कहते हो, परन्तु इस भील का जितना स्नेह मुझ पर है उतना तुम्हारा नहीं।"

एक दिन शिवजी ने अपनी एक आँख फोड़ ली। ब्राह्मण नियत समय पर पूजा करने आया। उसने देखा शिवजी की एक आँख नहीं है। पूजा करके वह अपने घर लौट गया।

उसके बाद भील आया। जब उसने देखा कि शिवजी के एक आँख नहीं है तो उसने झट अपनी आँख निकालकर उनके लगा दी।

दूसरे दिन ब्राह्मण फिर उपासना करने आया। शिवजी की दोनों आँखें देखकर उसे अत्यन्त आश्चर्य हुआ। शिवजी ने कहा, "इसीलिए मैं कहता था कि भील मेरा सच्चा भक्त है।"

कपट का फल

एक बार कोई गीदड़ रात के समय जंगल में से भागकर किसी गाँव में आ गया, और जब उसे कहीं बाहर जाने का रास्ता न मिला तो एक घर में घुस गया। गीदड़ को घर में देखकर सब लोग उसे मारने दौड़े। गीदड़ भागता-भागता घर के बाहर आया, परन्तु वहाँ कुत्ते उसके पीछे लग गये, और वह एक नील के कुण्ड में गिर पड़ा।

नील कुण्ड में पड़ा हुआ गीदड़ बार-बार ऊपर चढ़ने का प्रयत्न करता, मगर फिर नीचे गिर पड़ता। अन्त में एक ज़ोर की छलाँग मारकर वह कुण्ड के बाहर निकल आया। कुण्ड से बाहर निकलते ही गीदड़ जंगल की ओर भागा।

नील कुण्ड में पड़े रहने के कारण उसका सारा शरीर नीले रंग में रँग गय। था। इसलिए मार्ग में उसे रीछ, गीदड़ आदि जो जानवर मिलते, उससे पूछते, "यह तेरा रूप-रंग कैसे बदल गया है?"

गीदड़ जवाब देता, "जंगल के समस्त प्राणियों ने मिलकर मुझे खसद्रुम नामक राजा बनाया है। अब तुम सब लोगों को मेरी आज्ञा का पालन करना होगा। जो मेरी आज्ञा न मानेगा, वह दण्ड का भागी होगा।"

जानवरों ने सोचा— बात तो ठीक मालूम होती है। इसका रंग-ढंग हम लोगों से भिन्न है, इसके ऊपर कोई दैवी कृपा जान पड़ती है।

जानवरों ने कहा, "महाराज, आपने बड़ी कृपा की जो यहाँ पधारे। हम सब आपके नौकर हैं, कहिए क्या आज्ञा है?"

खसद्रुम ने उत्तर दिया, "तुम लोग मेरे लिए फ़ौरन ही हाथी का प्रबन्ध करो।"

जानवर एक हाथी को पकड़ लाये। बड़ी शान से हाथी पर बैठकर जंगल में घूमने लगा।

एक दिन रात के समय सब गीदड़ रो रहे थे। खसद्रुम भी उनके स्वर में स्वर मिलाकर रोने लगा। हाथी को जब मालूम हुआ कि कपटी गीदड़ उसकी पीठ पर चढ़ा फिरता है तो उसने उसे अपनी सूँड़ में लपेट, नीचे गिराकर मार डाला।

बन्दर और बया

एक बया ने किसी वृक्ष पर एक सुन्दर घोंसला बना रखा था। एक बार की बात है, वर्षा ऋतु में ठण्डी-ठण्डी हवा चलने लगी और मूसलाधार पानी बरसने लगा। इतने में वहाँ एक बन्दर आया जो ठण्ड से काँप रहा था और वर्षा से बचने के लिए किसी स्थान की तलाश में फिर रहा था।

उसे इस दशा में देखकर बया अपने घोंसले में बैठी-बैठी कहने लगी, "ऐ बन्दर, तू मेरे घोंसले को देख। मैं दूर-दूर से तिनके उठाकर लायी, उन्हें काटा, चीरा और एक-एक करके जमाया। इतने परिश्रम के बाद मैं यह सुन्दर घोंसला बना सकी हूँ। देख, इसमें ज़रा भी वायु अथवा जल का प्रवेश नहीं हो सकता। देख, मैं कितने सुख से घोंसले में रहती हूँ। न मुझे वर्षा का डर है, न हवा का। मैं अपने घोंसले में झूल-झूलकर वसन्त ऋतु का आनन्द लेती हूँ। रे मूर्ख, मुझे तुझ पर दया आती है कि तेरे हाथ-पाँव होते हुए भी और तेरे हृदय में ज्ञान का प्रकाश होते हुए भी, तू आलस्य के कारण कुछ नहीं कर सकता। वर्षा की तीक्ष्ण बौछारें सहने के लिए तू तैयार है, ठण्डी हवा के थपेड़े सहना तुझे स्वीकार है, परन्तु थोड़ा-सा परिश्रम करके तू अपना घर नहीं बना सकता? धिक्कार है तेरे आलस्य को और तेरे जीवन को!"

बया ने इन वाक्यों को दो-तीन बार दोहराया। पहले तो बन्दर सुनता रहा, परन्तु जब उससे न रहा गया तो वह क्रोध से आग-बबूला होकर उस शाखा पर पहुँचा जहाँ बया का घोंसला लटका हुआ था।

वृक्ष पर पहुँचकर बन्दर ने उसे ज़ोर से हिलाया। क्षण-भर में बया अपने घोंसले में से निकलकर ज़मीन पर आ गिरी, और फिर ठण्ड से काँपती हुई वृक्ष पर जा बैठी।

बन्दर ने बया के घोंसले को तोड़कर हवा में उड़ा दिया। वह कहने लगा, "देख बया, अब तू भी मेरे समान निर्लज्ज हो गयी है। तेरा घमण्ड चूर-चूर हो गया है। तू मेरे समान पानी में भीगती हुई और ठण्ड से काँपती हुई मुझे कितनी अच्छी लगती है! अब हम दोनों बेघर हो गये हैं!"

छोटों के बड़े काम

किसी जंगल में एक शेर रहता था। उसे हरिण का मांस बहुत अच्छा लगता था। वह प्रतिदिन हरिण मारकर खाता था।

एक दिन जंगल के सब हरिणों ने मिलकर सभा की कि हरिण जाति पर बड़ा अन्याय हो रहा है, और हरिणों की संख्या घटती जा रही है।

सब हरिणों ने इकट्ठे होकर जंगल के राजा के पास पहुँचकर निवेदन किया, "महाराज, कृपा कर हमारी रक्षा कीजिए। हम लोगों ने तय किया है कि आपके भोजन के लिए हम जंगल में से प्रतिदिन एक प्राणी भेजेंगे। इससे आपको घर बैठे भोजन मिलेगा, और हमारी रक्षा हो जाएगी।"

शेर ने यह बात मान ली। उसे अब घर बैठे भोजन मिलने लगा।

एक बार एक बूढ़े खरगोश की बारी आयी। खरगोश ने चलते समय अपने साथियों से कहा, "आप लोग चिन्ता न करें। ईश्वर ने चाहा तो मैं सकुशल लौटकर आऊँगा।"

खरगोश जब शेर के पास पहुँचा, तो सूर्योदय हो चुका था।

शेर ने गरजकर पूछा, "रे दुष्ट, तूने इतनी देर कहाँ लगायी?"

खरगोश ने कहा, "महाराज, जब मैं आपके पास आ रहा था, रास्ते में मुझे एक दूसरा शेर मिला। उसने पूछा, 'तुम कहाँ जा रहे हो?' मैंने जवाब दिया, 'जंगल के राजा के पास।' उसने कहा, 'तुम झूठ बोलते हो, मेरे सिवाय जंगल का कोई दूसरा राजा नहीं हैं!' मैंने जवाब दिया–'महाराज, यदि मैं उसके पास न जाऊँगा तो वह मेरे साथियों को मार डालेगा, अतएव आप मुझे जाने की आज्ञा दीजिए। मैं राजा से जाकर आपकी बात कहूँगा। और यदि ऐसी ही बात है तो फिर हम लोग आपकी ही आज्ञा में चला करेंगे।' "

जंगल के दूसरे राजा की बात सुनकर शेर को बहुत क्रोध आया। वह खरगोश से बोला, "बता, वह दुष्ट कहाँ रहता है, मैं उसे अभी मज़ा चखाता हूँ।"

खरगोश शेर को साथ लेकर चल दिया। कुछ दूर चलने पर उसने एक कुएँ की ओर इशारा करके कहा, "महाराज, वह इस कुएँ में रहता है। देखिए, आप कुएँ पर बैठकर गरजिए, आपको उसकी आवाज़ सुनाई देगी।"

शेर कुएँ पर चढ़कर ज़ोर से गरजा; उसे प्रतिध्वनि सुनाई पड़ी। शेर को

निश्चय हो गया कि कोई दूसरा शेर कुएँ में ज़रूर है। क्षण-भर के लिए उसने गरजना बन्द कर दिया तो कुएँ में से भी कोई आवाज़ सुनाई नहीं दी। शेर ने समझा कि उसका शत्रु डर के मारे चुप हो गया है। उसके मन में विचार आया कि कुएँ के अन्दर जाकर उसे मज़ा चखाना चाहिए।

वह तत्काल कुएँ में कूद पड़ा। जब उसका कहीं पता न चला तो उसने समझा कि वह कहीं छिप गया है।

शेर और ज़ोर-ज़ोर से गरजने लगा, परन्तु जब उसकी गर्जना का भी कोई उत्तर न मिला तो उसने सोचा कि उसका शत्रु भय के मारे कुएँ से निकलकर भाग गया है।

शेर ने कुएँ से बाहर निकलने की बहुत कोशिश की, परन्तु वह सिर पटककर मर गया।

खरगोश ने जब यह समाचार अपने साथियों को सुनाया तो वे बड़े प्रसन्न हुए और उसकी बुद्धि की सराहना करने लगे।

भिखारी का सपना

एक बार किसी भिखारी को बहुत भूख लगी। वह एक गोशाला में गया। वहाँ ग्वालों ने उसे छककर दूध पिलाया।

दो-चार दिन बाद भिखारी फिर गोशाला में पहुँचा। अबकी बार ग्वालों ने उसे एक दूध की हण्डी भरकर दी। भिखारी बड़ा प्रसन्न हुआ। उस हण्डी को वह अपने घर ले आया और उसे खाट के सिरहाने रखकर लेट गया।

खाट पर लेटा-लेटा भिखारी सोचने लगा—इस दूध का मैं दही जमाऊँगा। दही बेचकर मुर्ग़ी खरीदूँगा। मुर्ग़ी अण्डे देगी, अण्डों को बेचकर मैं बकरी लूँगा। बकरी बेचकर गाय लूँगा, इससे बहुत-से बैल हो जाएँगे। बैल बेचकर मैं बहुत-सा धन कमा लूँगा, और उसे ब्याज पर चढ़ाकर सेठ बन जाऊँगा। जब मेरे पास धन हो जाएगा तो विवाह करके ख़ूब चैन से रहूँगा। यदि मेरी घरवाली किसी कारण कभी मेरा अपमान करेगी तो मैं डाँट-फटकारकर उसे ठीक कर दूँगा।

खाट पर लेटे-लेटे भिखारी ने आवेश में आकर जो अपनी 'घरवाली' को मारने के लिए हाथ उठाया तो वह दूध की हण्डी में जाकर लगा और सारा दूध ज़मीन पर बिखर गया।

काम सच्ची उपासना है

किसी सेठ का पुत्र धन कमाने परदेश गया और अपनी ज़वान औरत को अपने पिता के पास छोड़ गया।

सेठ की पतोहू बड़े शौक़ीन मिज़ाज की थी। वह सुस्वादु भोजन करती, पान खाती, इतर-फुलेल लगाती, सुन्दर वस्त्राभूषण पहनती और दिन-भर यों ही बिता देती।

घर के काम में उसका ज़रा भी मन न लगता। अपने पति की उसे बहुत याद सताती, पर बेचारी क्या करती!

एक दिन सेठ की पतोहू का मन बहुत चंचल हो उठा। उसने दासी को बुलाकर कहा, "दासी, किसी पुरुष को बुलाओ।"

दासी ने सेठ से कहा कि बहूजी किसी पुरुष को बुलाने के लिए कह रही हैं।

यह सुनकर सेठजी बहुत चिन्तित हुए। वे सोचने लगे कि क्या करना चाहिए।

उन्होंने तुरन्त सेठानी को बुलाया और कहा, "देखो, हम तुम दोनों लड़ाई कर लेंगे; थोड़े समय के लिए तुम कहीं अन्यत्र जाकर रह जाना।"

सेठानी ने अपने पति की बात मान ली।

अगले दिन सेठजी ने घर आकर सेठानी से भोजन माँगा। सेठानी ने चिल्लाकर कहा, "अभी भोजन तैयार नहीं है।"

दोनों में झगड़ा होने लगा।

सेठजी ने सेठानी को मार-पीटकर घर से निकाल दिया।

सास और ससुर की कलह सुनकर बहू घर से निकलकर आयी और पूछने लगी, "पिताजी, क्या बात है?"

सेठ ने कहा, "बेटी, आज से अपने घर की मालकिन मैंने तुम्हें बना दिया है। अब तुम ही घर का सब कामकाज देखना।"

बहू ने घर का सब काम सँभाल लिया।

अब वह काम में इतनी मशगूल रहने लगी कि भोजन करने का समय भी उसे बड़ी कठिनता से मिलता—सब साज-शृंगार वह भूल गयी।

एक दिन दासी ने आकर कहा, "बहूजी, मैंने पुरुष की खोज की है, आप कहें तो बुलवाऊँ?"

बहू ने कहा, "दासी, इस समय मुझे मरने की भी फ़ुरसत नहीं, तू पुरुष की बात करती है?"

लालची गीदड़

किसी भील ने जंगल में एक हाथी देखा। उसे देखकर वह एक झाड़ी के पीछे छिपकर खड़ा हो गया, और उसे अपने तीर का निशाना बनाया। तीर हाथी के मर्मस्थान में लगा और हाथी गिर पड़ा।

यह देखकर भील बड़ा ख़ुश हुआ, और वह अपना धनुष फेंक, हाथ में कुठार ले, हाथी के दाँत लेने चल दिया। संयोगवश, हाथी के गिरने से वहाँ एक सर्प घायल अवस्था में पड़ा था। उसने भील को काट लिया और भील मर गया।

इतने में वहाँ एक गीदड़ आया और उसने एक साथ मरे हुए हाथी, शिकारी और सर्प को देखा। पहले तो वह इतने प्राणियों को मरा हुआ देखकर डर गया, और सोचने लगा कि कहीं ऐसा न हो कि इनमें से कोई जीवित हो। परन्तु अच्छी तरह देखने पर उसे मालूम हुआ कि सब मरे हुए हैं। गीदड़ की ख़ुशी का ठिकाना न रहा। वह हिसाब लगाने लगा—हाथी को मैं जन्म-भर खाता रहूँ तो भी यह ख़त्म न होगा, शिकारी और साँप का मांस बहुत दिनों तक चलेगा, इसलिए क्यों न मैं आज धनुष की डोरी में लगी हुई ताँत को खाकर पेट भरूँ?

लेकिन ज्यों ही वह गीदड़ धनुष की डोरी में लगी हुई ताँत को खाने चला, डोरी टूटकर उसके तालू में लगी और गीदड़ वहीं ढेर हो गया!

पण्डित कौन?

कोई भील जंगल में से एक तोता पकड़कर लाया। उसका एक पैर तोड़ और उसकी एक आँख फोड़कर उसने उसे बाज़ार में छोड़ दिया।

जब तोते का कोई ख़रीददार न मिला तो वह भील उसे एक श्रावक (जैनधर्म का उपासक) की दूकान पर छोड़, कुछ माल ख़रीदने के लिए पैसे लेने अपने घर आया।

इस बीच में तोते ने श्रावक से कहा कि वह बहुत-से आख्यान और कथा-कहानियाँ जानता है। श्रावक ने तोते को ख़रीदकर उसे एक पिंजड़े में बन्द कर दिया।

श्रावक के कुटुम्बी मिथ्यादृष्टि थे, अतएव वह तोता उन्हें धर्मोपदेश दिया करता था।

एक दिन श्रावक का पुत्र किसी माहेश्वर की कन्या पर आसक्त हो गया है। उस दिन उसने न कोई धर्मोपदेश सुना और न प्रत्याख्यान (किसी वस्तु का त्याग) लिया।

तोते के पूछने पर घर के लोगों ने उसे कारण बता दिया। तोते ने कहा, "तुम लोग चिन्ता न करो।"

तोते ने श्रावक के पुत्र जिनदास से कहा, "तुम सरजस्क साधुओं (स्नान न करनेवाले और गन्दे रहनेवाले नग्न साधु) के पास जाकर ठीकरे की पूजा करो। तत्पश्चात् मुझे ईंट के नीचे दाब देना।"

जिनदास ने ऐसा ही किया। वह सरजस्कों का अनुयायी बन गया, और उनके चरणों में गिरकर वरदान माँगने लगा कि किसी तरह यह लड़की मुझे मिल जाए।

ईंट के नीचे दबे हुए तोते ने लड़की के पिता से कहा, "देखो, यह लड़की श्रावकपुत्र जिनदास को दे दो।"

देवाज्ञा समझकर लड़की के पिता ने जिनदास के साथ अपनी लड़की का विवाह कर दिया।

कन्या को अपने ऊपर बड़ा गर्व था। वह अपने पति से कहा करती—"देखो, मेरा विवाह देवाज्ञा से हुआ है।"

एक दिन उसके पति को हँसी आ गयी। स्त्री के पूछने पर उसने सब हाल कह दिया।

जिनदास की स्त्री को तोते के ऊपर बड़ा क्रोध आया।

एक दिन जब सब लोग किसी उत्सव में लगे हुए थे, जिनदास की स्त्री ने तोते को चुरा लिया और उसे एकान्त में ले जाकर कहने लगी, "तुम बड़े पण्डित निकले! अब देखती हूँ तुम्हारी पण्डिताई!" यह कहकर उसने तोते का एक पंख उखाड़ लिया।

तोते ने सोचा, इस तरह मरने से क्या लाभ? उसने कहा, "पण्डित मैं नहीं हूँ, पण्डित है वह नाइन।"

जिनदास की स्त्री ने पूछा, "कैसे?"

तोता बोला, "एक बार कोई नाइन खेत में भोजन लिये जा रही थी। रास्ते में उसे चोरों ने पकड़ लिया। वह बोली, 'चलो, बहुत अच्छा हुआ, मुझे भी आप लोगों की तलाश थी।' चोरों से उसने कहा, 'इस समय तो आप मुझे छोड़ दें। आप लोग रात में मेरे घर आइए, मैं रुपये लेकर आपके साथ चलूँगी।'

रात को सेंध लगाकर जब चोरों ने उसके घर में प्रवेश किया तो नाइन ने छुरे से उनकी नाक काट ली। चोर भाग गये।

अगले दिन चोरों ने फिर उसे खेत में जाते हुए देखा और उसे पकड़ लिया। नाइन उन्हें देखते ही अपना सिर पीटने लगी। वह बोली, 'अरे! यह किसने काट ली?'

नाइन उनके साथ-साथ चल दी।

आगे चलकर भोजन लाने के बहाने चोरों ने उसे एक कलाल के घर बेच दिया, और खुद रुपये लेकर भाग गये।

नाइन वहाँ से चलकर रात को एक वृक्ष पर छिपकर बैठ गयी।

चोर भी किसी की गायें चुराकर लाये और संयोगवश उसी वृक्ष के नीचे आकर ठहरे। वे लोग वहाँ मांस पकाकर खाने लगे।

उनमें से एक चोर मांस लेकर वृक्ष पर चढ़ा। उसने जब चारों ओर देखा तो वहाँ एक औरत को बैठे हुए पाया। औरत ने उसे रुपये निकालकर दिखलाये। चोर ज्यों ही उसके पास पहुँचा, उसने बड़े ज़ोर से उसे दाँतों से काट लिया।

चोर चिल्लाकर भागा कि अरे! यह तो वही बैठी है! इस पर दूसरे चोर भी डरकर वहाँ से भाग गये।

नाइन चोरी का सब माल लेकर चम्पत हो गयी।"

जिनदास की स्त्री ने तोते का दूसरा पंख उखाड़कर कहा, "नहीं, तू ही पण्डित है।"

तोते ने उत्तर दिया, "पण्डित मैं नहीं हूँ, पण्डित है वह बनिये की लड़की।"

तोता बोला, "वसन्तपुर में एक बनिया रहता था। एक बार उसने शर्त लगायी

कि जो कोई माघ महीने की रात में पानी के अन्दर बैठा रहे, उसे मैं एक हज़ार दीनारें दूँगा।

एक दरिद्र वणिक् इसके लिए तैयार हो गया, और वह रात-भर सर्दी में बैठा रहा।

बनिये ने सोचा—यह वणिक् रात-भर इतनी सर्दी में पानी में कैसे बैठा रहा, यह मरा क्यों नहीं?

पूछने पर वणिक् ने उत्तर दिया, 'इस नगर में एक घर में दीपक जलता रहा, उसे देखकर मैं रात-भर पानी में बैठा रहा। लाइए हज़ार दीनारें।'

बनिया अपनी बात से हट गया। वह बोला कि तुम दीपक के प्रभाव से सर्दी में बैठे रहे, अतएव तुम्हें दीनारें मैं न दूँगा।

वणिक् बेचारा निराश होकर घर चला गया।

घर जाकर अपनी कन्या के पूछने पर उसने सब हाल कह दिया।

वणिक् की कन्या ने कहा, 'पिताजी, आप चिन्ता न करें। आप गरमी के मौसम में और लोगों के साथ उस बनिये को भी भोजन के लिए बुलायें। परन्तु भोजन के साथ उसे पानी न दें, पानी के बरतन को दूर रखकर छोड़ दें। जब वह बनिया पानी माँगे तो आप कहें कि वह रहा पानी, तुम यहीं से अपनी प्यास बुझा लो। यदि बनिया कहे कि क्या पानी को दूर से देखकर प्यास बुझ सकती है तो आप कहें कि फिर दीपक को दूर से देखते रहने से सर्दी कैसे दूर हो सकती है?"

वणिक्-कन्या की युक्ति काम कर गयी। बनिये को एक हज़ार दीनारें देनी पड़ीं।

बनिया सोचने लगा—यह वणिक् तो महामूर्ख है। इसे इतनी बुद्धि कहाँ से आयी?

उसे मालूम हुआ कि यह तरक़ीब उसकी लड़की की बतायी हुई है। बनिये को उसकी लड़की पर बहुत क्रोध आया। उसने उसकी मँगनी माँगी।

वणिक् ने सोचा कि यह बनिया मेरी लड़की से चिढ़ा हुआ है, अतएव मेरी लड़की इसके घर जाकर सुखी नहीं रह सकती। लेकिन वणिक् की लड़की ने अपने पिता से कहा कि पिताजी, आप निश्चिन्त रहिए, यह मेरा कुछ नहीं बिगाड़ सकता।

विवाह की तैयारियाँ होने लगीं।

वणिक् की कन्या को पता लगा कि बनिये के घर कुआँ खोदा जा रहा है। उसने अपने घर से लेकर कुएँ तक अन्दर-ही-अन्दर एक सुरंग खुदवाकर तैयार करा दी।

दोनों का विवाह हो गया।

विवाह होते ही बनिये ने अपनी बहू को कुएँ में डलवा दिया। उसके सामने कपास का एक बड़ा गट्ठर लाकर रख दिया और कहा कि अब देखूँगा तुम्हारी

पण्डिताई।' वह कहता गया—'देखो, मैं परदेश जा रहा हूँ। इस कपास को तुम कातकर ख़त्म करना, और तुम्हारी पण्डिताई की परीक्षा तब होगी जब मेरे द्वारा तुम्हारे तीन पुत्र हो जाएँगे, और तुम मुझे वापस घर ले आओगी।'

जाते समय बनिया अपने घरवालों से कहता गया कि उसकी स्त्री को प्रतिदिन कोदों और चावल खाने को दिये जाएँ।

इधर बनिया परदेश रवाना हुआ और उधर उसकी स्त्री सुरंग में से निकलकर अपने पिता के घर पहुँच गयी।

उसने अपने पिता को सारी बात समझाकर कहा, 'पिताजी, आप इस रस्सी को पकड़े रहें, और जो भोजन मिले उसे नियम से लेते रहें।'

बनिये की स्त्री वेश्या का वेश बनाकर वहाँ से चल दी।

किसी नगर में पहुँच भाड़े पर मकान लेकर वह वहाँ रहने लगी।

एक दिन वहाँ उसने अपने पति को देखा और उसे अपने घर ले आयी।

बनिये ने पूछा, 'तुम कौन हो?'

वह बोली, 'मैं प्रायः पुरुषों से द्वेष करती हूँ, परन्तु न जाने तुम मुझे क्यों प्रिय लगते हो?'

बनिया वेश्या के प्रेमपाश में फँस गया। दोनों एक साथ रहने लगे।

कुछ समय बाद उनके तीन पुत्र हुए। वेश्या ने जब देखा कि बनिये के पास धन नहीं रहा तो उसने उसे छोड़ दिया।

कुछ समय बाद बनिया एक क़ाफ़िले के साथ वापस लौटा। वेश्या भी उस क़ाफ़िले के साथ वापस आ गयी।

घर पहुँचते ही वह पहले अपने पिता के घर गयी और रस्सी पकड़कर अपने तीनों पुत्रों को साथ ले सुरंग में से होती हुई कुएँ में जा बैठी।

बनिये ने घर आकर अपनी स्त्री का कुशल-समाचार पूछा।

उसने कुएँ में खटोली डालकर उसे बाहर निकालने का हुक्म दिया। रस्सी खींची गयी। सबसे पहले पहला पुत्र, फिर दूसरा और फिर अपने तीसरे पुत्र को साथ लेकर वह स्वयं कुएँ में से बाहर निकली।

बनिया अपनी स्त्री की चतुराई देखकर चकित हो गया, और उसने उसे अपने घर की मालकिन बना दिया।"

जिनदास की स्त्री ने फिर तोते का एक पंख उखाड़ लिया और बोली, "नहीं, तुम्हीं पण्डित हो।"

तोते ने कहा, "पण्डित मैं नहीं हूँ, पण्डित है वह कोली की कन्या।"

तोते ने कहानी कही : "किसी कोली की कन्या के माता-पिता परदेश चले गये थे। घर में वह अकेली रह गयी थी। रात को घर में चोर घुस आये। लेटी-लेटी वह कहने लगी, 'मैं अपने भानजे के साथ ब्याही ज़ाऊँगी। फिर मेरे पुत्र होगा। उसका

नाम रखूँगी चन्द्र। उसे आवाज़ देकर बुलाऊँगी–'ऐ चन्द्र, जल्दी आ।'

इतने में उसकी आवाज़ सुनकर पड़ोस का चन्द्र झट से वहाँ आ गया। चोर भाग गये।"

जिनदास की स्त्री ने फिर तोते का एक पंख उखाड़ लिया।

अबकी बार तोते ने एक कुलपुत्र की कन्या की कथा सुनायी :

"वसन्तपुर नगर में जितशत्रु नामक राजा राज्य करता था। उसकी एक कन्या थी। राजा ने घोषणा करायी कि जो असम्भव बात को उसे मनवा देगा, उसे बहुत-सा धन देगा।

कुलपुत्र की कन्या ने अपने पिता को चिन्तित देखकर कहा, 'पिताजी, यह काम मैं करूँगी, आप चिन्ता न करें।'

कुलपुत्र की कन्या राजा के पास गयी, और उसने अपनी कहानी शुरू की–

'राजन् मैं काफ़ी उम्र तक कुँवारी रही। तत्पश्चात् मैं अपने भानजे को मँगनी में दे दी गयी। मेरे माता-पिता परदेश चले गये थे। एक बार वे पाहुने बनकर आये। घर पर मैं अकेली थी। मैंने सोचा, अब क्या करूँ? ख़ैर, किसी प्रकार उनका आदर-सत्कार किया। दुर्भाग्य से उन्हें रात को साँप ने काट लिया, और उनकी मृत्यु हो गयी।

मैं उन्हें श्मशान में ले गयी। वहाँ गीदड़ आदि जानवरों के भयंकर शब्द सुनाई दे रहे थे।

राजा बोला, 'और तुम डरी नहीं?'

कुलपुत्र की कन्या ने कहा, 'महाराज, ये सब बातें सच हों तब न?'

राजा बहुत प्रसन्न हुआ और उसने बहुत-सा इनाम देकर कन्या को विदा किया।"

इस प्रकार जिनदास की स्त्री तोते का एक-एक पंख उखाड़ती गयी और वह कहानी कहता गया।

सब मिलाकर तोते ने पाँच सौ कहानियाँ सुनायीं।

रात बीत गयी, और जब तोते के एक भी पंख न रहा तो जिनदास की स्त्री ने उसे फेंक दिया।

तोते को एक बाज ने उठा लिया। वहाँ एक दूसरा बाज आया; दोनों में लड़ाई होने लगी। तोता एक अशोक-वाटिका में गिर पड़ा। वहाँ से उसे एक दासीपुत्र ने उठा लिया।

तोते ने मयूर में प्रविष्ट होकर उसे राजा से राज्य दिलवाया। तत्पश्चात् तोते ने सात दिन के लिए राज्य प्राप्त कर श्रावक और माहेश्वर दोनों कुलों को धर्म में दीक्षित किया।

कोक्कास बढ़ई

शूर्पारक (सोपारा, ज़िला ठाणा) नगर में कोक्कास नामक एक बढ़ई रहता था।

एक बार शूर्पारक में दुर्भिक्ष पड़ा और कोक्कास उज्जयिनी में जाकर रहने लगा।

कोक्कास एक कुशल शिल्पकार था। उसने यन्त्रमय कबूतर तैयार किये। इन्हें वह राजभवन में छोड़ देता, और वहाँ वे गन्धशालि (एक प्रकार का सुगन्धित चावल) चुगकर लौट आते।

एक दिन कोठारियों ने जाकर राजा से निवेदन किया कि महाराज, कबूतर कोठार के सब चावल खा जाते हैं।

राजा ने कबूतरों के मालिक की खोज में आदमी भेजे और वे कोक्कास को पकड़कर राजा के पास ले आये।

राजा कोक्कास की शिल्पकला देखकर बहुत प्रसन्न हुआ और उसने उसे अपने यहाँ रख लिया।

एक बार कोक्कास ने आकाश में उड़नेवाला एक सुन्दर गरुड़-यन्त्र बनाया। राजा अपनी महारानी को यन्त्र में बैठाकर आकाश की सैर कर बड़ा ख़ुश होता। जो राजा उसकी आज्ञा न मानते, उनसे वह कहता कि यदि तुम लोग मेरी आज्ञा में न चलोगे तो आकाश-मार्ग से आकर मैं तुम्हें मार डालूँगा।

राजा अपनी महारानी को लेकर रोज़ आकाश की सैर करने जाता। अपनी अन्य रानियों को वह कभी विमान में नहीं बैठाता था, अतएव वे महारानी से ईर्ष्या करने लगीं।

एक दिन उन्होंने यन्त्र को पीछे लौटानेवाली कील को कहीं छिपा दिया।

राजा महारानी को विमान में बैठाकर चल दिया। उड़ते-उड़ते जब विमान बहुत दूर निकल गया, और उसे पीछे लौटाने की आवश्यकता हुई तो मालूम हुआ कि कील ग़ायब है। विमान बड़े वेग से जा रहा था, उसके पंख टूट गये और वह धरती पर गिर पड़ा।

विमान कलिंग देश की भूमि पर गिरा। परन्तु ख़ैर हुई कि किसी को चोट नहीं लगी। विमान को ठीक करने के लिए कोक्कास औज़ार लेने के लिए नगर में

गया। उसने देखा कि एक रथकार रथ बना रहा है। रथ का एक पहिया बन चुका है, दूसरा बनना बाक़ी है।

कोक्कास ने रथकार से औज़ार माँगे। रथकार ने कहा, "ये औज़ार रियासत के हैं, इन्हें बाहर ले जाने का हुक्म नहीं, अतएव मैं तुम्हें अपने औज़ार घर से लाकर देता हूँ।" यह कहकर रथकार औज़ार लेने चल दिया।

इस बीच में कोक्कास ने उसके अधूरे पहिये को बनाकर तैयार कर दिया।

रथकार ने देखा कि वह पहिया ऊपर कर देने से ऊपर उड़ने लगता है, नीचे कर देने से नीचे गिर जाता है, तथा उलटा रख देने से गिरता नहीं, जब कि उसके बनाये हुए पहिये में ये विशषताएँ नहीं थीं।

रथकार समझ गया कि अवश्य ही वह कोक्कास होना चाहिए।

वह कुछ बहाना बनाकर वहाँ से चला गया। उसने जाकर राजा को ख़बर दी कि कोक्कास आया है।

राजा ने उसे तुरन्त पकड़वा मँगाया और ख़ूब पिटवाया।

कोक्कास ने सब हाल सच-सच बता दिया।

कलिंगराज ने राजा और रानी को गिरफ्तार कर बन्दीगृह में डाल दिया।

कलिंगराज ने कोक्कास को आज्ञा दी कि वह उसके तथा राजकुमारों के रहने के लिए सात तले का एक सुन्दर भवन बनाये।

कोक्कास ने शीघ्र ही भवन बनाकर तैयार कर दिया।

उसने उज्जयिनी में राजकुमार के पास शकुनयन्त्र द्वारा समाचार भेजा कि वह शीघ्र ही कलिंग पर चढ़ाई कर दे, और अपने माता-पिता को छुड़ाकर ले जाए।

कलिंगराज अपने पुत्रों के साथ नवनिर्मित भवन में आनन्दपूर्वक समय व्यतीत कर रहा था कि इतने में उज्जयिनी के राजकुमार ने कलिंग को चारों ओर से घेर लिया और उस पर अधिकार कर लिया।

चतुर रोहक

उज्जयिनी नगरी के पास नटों का एक गाँव था। वहाँ भरत नाम का नट रहता था। उसके रोहक नाम का एक पुत्र था जो बड़ा बुद्धिमान् था।

उज्जियिनी के राजा के चार सौ निन्यानबे मन्त्री थे, एक मन्त्री की कमी थी। राजा ने सोचा कि जो उसकी परीक्षा में सफल होगा, उसे वह प्रधानमन्त्री का पद देगा।

राजा ने गाँववालों को कहला भेजा कि गाँव के बाहर जो बड़ी शिला पड़ी हुई है, उसका एक मण्डप बनाकर तैयार करो। लोगों की समझ में न आया कि ज़मीन में गड़ी हुई शिला का मण्डप कैसे बनाया जाए? जब रोहक को मालूम हुआ तो उसने अपने पिता से कहा, "पिताजी, यह कोई बड़ी बात नहीं है। पहले शिला के चारों तरफ़ की ज़मीन खोदिए, और फिर चारों कोनों में चार खम्भे लगाकर शिला के नीचे की ज़मीन को खोद डालिए, शिला का मण्डप बन जाएगा।" लोगों ने ऐसा ही किया। राजा मण्डप देखकर बहुत प्रसन्न हुआ।

कुछ दिन बाद राजा ने गाँववालों के पास एक मेंढ़ा भिजवाया, और कहला भेजा कि यह मेंढ़ा पन्द्रह दिन बाद भी वज़न में उतना ही रहे, न घटे न बढ़े। रोहक से पूछा गया। उसने मेंढ़े को एक भेड़िए के सामने बाँध दिया और उसे घास खिलाता रहा। घास खाते रहने से मेंढ़े का वज़न घटा नहीं, और भेड़िए के डर से बढ़ा नहीं। इस प्रकार पन्द्रह दिन के पश्चात् राजा का मेंढ़ा उसे लौटा दिया गया।

एक दिन राजा ने एक मुर्ग़ा भेजा और आदेश दिया कि बिना दूसरे मुर्ग़ों की सहायता के इसे लड़ाकू बनाकर भेजो। रोहक ने मुर्ग़े के सामने एक बड़ा दर्पण रखा। मुर्ग़ा दर्पण में अपना प्रतिबिम्ब देखता और उसे दूसरा मुर्ग़ा समझ उसके साथ युद्ध करता। इस प्रकार मुर्ग़े को लड़ाकू बनाकर उसे लौटा दिया गया।

एक दिन राजा ने कहलवाया कि तुम लोग बालू की रस्सी बनाकर भेजो। रोहक ने गाँववालों से कहा कि तुम लोग राजा से जाकर कहो, "महाराज, यदि राजभवन में कोई बालू की रस्सी हो तो उसे नमूने के तौर पर भेज दें, उसे देखकर हम दूसरी रस्सी तैयार कर देंगे।"

कुछ दिन बाद राजा ने एक बूढ़ा हाथी भेजा और कहा कि इसके समाचार देते रहना, परन्तु यह आकर कभी न कहना कि हाथी मर गया है। संयोग से हाथी

उसी रात को मर गया। अगले दिन रोहक से पूछकर गाँव के लोगों ने राजा से निवेदन किया, "महाराज, हाथी न कुछ खाता है, न पीता है, और न उसकी साँस ही चलती है।" राजा ने पूछा, "तो क्या हाथी मर गया है?" उन्होंने उत्तर दिया, "महाराज, यह तो हम नहीं कह सकते, आपके ही मुँह से यह शोभा देता है।"

एक दिन राजा ने कहलवाया कि गाँव के कुएँ को यहाँ शीघ्र भेज दो। रोहक ने उपाय बताया कि तुम लोग राजा से जाकर कहो, "पहले आप नगर के कुएँ को भिजवा दें, दोनों साथ-साथ चले आएँगे।"

कुछ दिन बाद राजा ने कहलवाया कि गाँव के पूर्व में स्थित वन को पश्चिम में बना दो। रोहक के कहने से सब लोग वन के पूर्व में जाकर रहने लगे। अतएव वह वन गाँव के पश्चिम में हो गया।

रोहक की बुद्धिमत्ता देखकर राजा बहुत चकित हुआ। उसने रोहक को बुलाया। परन्तु राजा की शर्त थी कि रोहक न शुक्ल पक्ष में आये, न कृष्ण पक्ष में, न रात को, न दिन को, न छाया में, न धूप में, न आकाश में होकर, न पैदल चलकर, न गाड़ी-घोड़े पर सवार होकर, न सीधे रास्ते, न उलटे रास्ते, न नहाकर, न बिना नहाये, परन्तु आना उसे अवश्य चाहिए। जब रोहक को यह मालूम हुआ, तो उसने सुबह उठकर कण्ठ तक स्नान किया, और गाड़ी के पहियों के बीच एक मेंढ़ा जोत, उसपर सवार हो, चलनी की छतरी लगा, एक हाथ में मिट्टी का पिण्ड लेकर अमावस के दिन, सन्ध्या के समय राजा के दर्शन के लिए चल पड़ा। रोहक को देखकर राजा बहुत प्रसन्न हुआ, और उसने रोहक को अपने पास रख लिया।

एक दिन राजा ने रात्रि के प्रथम प्रहर में रोहक से पूछा, "रोहक, तू जागता है या सोता है?"

रोहक—"महाराज, जाग रहा हूँ।"

राजा—"क्या सोच रहा है?"

रोहक—"महाराज, सोचता हूँ कि पीपल के पत्ते का डण्ठल बड़ा होता है या उसके ऊपर का भाग?"

राजा—"तो क्या सोचा?"

रोहक—"दोनों बराबर हैं।"

यह कहकर रोहक सो गया।

रात्रि के दूसरे पहर में राजा ने फिर रोहक से पूछा, "रोहक, तू जागता है या सोता है?"

रोहक—"जाग रहा हूँ, और सोच रहा हूँ कि बकरी के पेट में मल गोल-गोल कैसे पैदा हो जाता है?"

राजा—"फिर क्या सोचा?"

रोहक—"वायु से।"

यह कहकर रोहक फिर सो गया।

रात्रि के तीसरे पहर में राजा ने फिर रोहक से पूछा, "रोहक, तू सोता है या जागता है?"

रोहक—"मैं जाग रहा हूँ और सोचता हूँ कि गिलहरी के शरीर पर कितनी काली रेखाएँ होती हैं और कितनी सफ़ेद? और उसका शरीर लम्बा होता है या उसकी पूँछ?"

राजा—"तुमने क्या निर्णय किया?"

रोहक—"महाराज, जितनी उसके शरीर पर सफ़ेद रेखाएँ होती हैं, उतनी ही काली होती हैं, और उसका शरीर और पूँछ दोनों बराबर हैं।"

यह कहकर रोहक फिर सो गया।

रात्रि के चौथे प्रहर में राजा ने फिर रोहक को आवाज़ दी। परन्तु रोहक गाढ़ी निद्रा में सो रहा था। उसने कोई उत्तर नहीं दिया। राजा ने उसे छड़ी की नोक से जगाकर पूछा, "रोहक, सोते हो या जागते हो?"

रोहक—"महाराज, जाग रहा हूँ।"

राजा—"क्या सोच रहे हो?"

रोहक—"सोच रहा हूँ आपके कितने पिता हैं?"

राजा—"कितने हैं?"

रोहक—"महाराज, पाँच। सुनिए, आपका पहला पिता है राजा, दूसरा है कुबेर, तीसरा चाण्डाल, चौथा धोबी और पाँचवाँ बिच्छू।"

राजा—"सो कैसे?"

रोहक—"देखिए, आप न्यायपूर्वक राज करते हैं, इससे आप राजा के पुत्र हैं। दान में आप कुबेर के समान हैं, इसलिए कुबेर के पुत्र हैं। क्रूरता में आप चाण्डाल के समान हैं, इसलिए आप चाण्डाल के पुत्र हैं। सब कुछ हरण करने में आप धोबी के समान हैं, अतएव धोबी के पुत्र हैं, और सोते हुए को आप छड़ी की नोक से उठा सकते हैं, अतएव आप बिच्छू के पुत्र हैं।"

राजा रोहक की बुद्धिमत्ता से अत्यन्त प्रसन्न हुआ, और उसे प्रधानमन्त्री का पद दे दिया।

कुँजड़ा और धूर्त

कोई कुँजड़ा अपनी ककड़ियाँ बेचने जा रहा था। रास्ते में उसे एक धूर्त मिला। उसने पूछा, "कुँजड़े, यदि कोई इन सब ककड़ियों को खा ले तो तुम क्या दोगे?"

कुँजड़े ने उत्तर दिया, "एक बहुत बड़ा लड्डू।"

धूर्त ने उन सब ककड़ियों को चखकर जूठा कर डाला, और कुँजड़े से कहा, "मैंने तुम्हारी सब ककड़ियाँ खा ली हैं, अब लाओ लड्डू।"

कुँजड़े ने उत्तर दिया, "तुमने मेरी ककड़ियाँ खायी ही नहीं, फिर लड्डू कैसा?"

धूर्त ने कहा, "विश्वास न हो तो इनकी परीक्षा कर लो।"

कुँजड़ा अपनी ककड़ियाँ लेकर बाज़ार पहुँचा। लोग जब ककड़ियाँ खरीदने आये तो कहने लगे कि ये ककड़ियाँ तो खायी हुई हैं। यह देख धूर्त ने कुँजड़े से लड्डू माँगा।

कुँजड़ा लड्डू के बदले एक रुपया देने लगा, परन्तु धूर्त न माना। कुँजड़ा उसे सौ रुपये देने को तैयार हो गया, परन्तु धूर्त ने कहा, "मुझे तो लड्डू ही चाहिए।"

कुँजड़े की समझ में नहीं आया कि क्या करे। इतने में एक दूसरे धूर्त से उसकी भेंट हुई। उसने कुँजड़े को एक युक्ति बतायी।

उसके कहे अनुसर कुँजड़ा हलवाई की दूकान से एक लड्डू मोल लाया, और उसे दरवाज़े के बीचों-बीच देहली के ऊपर रखकर कहने लगा, "चल, मेरे लड्डू चल।" परन्तु लड्डू अपनी जगह से टस-से-मस न हुआ।

कुँजड़े ने लोगों को बुलाकर कहा, "देखो, मैंने इस धूर्त को एक बड़ा लड्डू देने का वादा किया था। लड्डू आपके सामने है। यह दरवाज़े में होकर भी नहीं जा सकता। यह लड्डू मैं देने को तैयार हूँ, पर यह नहीं लेता।"

पुरोहित की नीयत

किसी नगर में कोई पुरोहित रहता था। वह लोगों की धरोहर हड़प कर जाता था।

एक बार कोई ग़रीब आदमी उसके घर धरोहर रखकर परदेश चला गया। वापस आने पर जब उसने धरोहर माँगी तो पुरोहित ने कहा, "मेरे यहाँ तुम्हारी कोई धरोहर नहीं है।"

उस आदमी ने राजा के मन्त्री से शिकायत की। मन्त्री ने राजा से कहा। राजा ने पुरोहित को उस आदमी की थैली लौटा देने को कहा। परन्तु पुरोहित ने कहा, "महाराज, वह आदमी मुझे बदनाम करता है। उसने मेरे यहाँ कोई थैली नहीं रखी।" उधर राजा ने धरोहर रखनेवाले से बातचीत की। उसकी बात सुनकर राजा को विश्वास हो गया कि इसमें पुरोहित की बेईमानी है।

एक दिन राजा ने पुरोहित को चौसर खेलने बुलाया। खेल-खेल में राजा ने उसकी अँगूठी अपनी अँगूठी से बदल ली, और उसे चुपके से अपने आदमी को देकर पुरोहित की स्त्री के पास कहला भेजा कि पुरोहित ने वह थैली माँगी है।

अपने पति के नाम की अँगूठी देखकर पुरोहित की स्त्री ने रुपयों की थैली निकालकर उसके हवाले की।

राजा ने उस थैली को अन्य कई थैलियों के बीच में रखकर उस आदमी को बुलाया और अपनी थैली उठा लेने को कहा।

धरोहर रखनेवाले की धरोहर वापस मिल गयी।

दो मित्रों की कहानी

किसी गाँव में दो मित्र रहते थे। एक बार उन्हें एक बड़ा ख़ज़ाना मिला। कपटी मित्र ने कहा कि आज मुहूर्त ठीक नहीं, इसलिए हम इसे कल आकर ले जाएँगे। सच्चे मित्र ने जवाब दिया, अच्छी बात है। इधर कपटी मित्र ने रात को वहाँ से ख़ज़ाना निकाल लिया और उसकी जगह कोयले भर दिये।

अगले दिन सुबह दोनों ख़ज़ाना लेने चले। खोदकर देखा तो कोयले निकले। कपटी मित्र ने कहा, "हमारे दुर्भाग्य से ख़ज़ाने के कोयले हो गये!" दूसरा मित्र उसकी चालाकी समझ गया। उसने कहा, "क्या किया जाए, हमारा भाग्य ही ऐसा है।"

कुछ समय बाद सच्चे मित्र ने अपने कपटी मित्र की एक मूर्ति बनवायी और दो बन्दर पाले। वह प्रतिदिन मूर्ति के ऊपर बन्दरों के खाने की चीज़ें रख देता, और उसके ऊपर चढ़कर बन्दर सब चीज़ें खा जाते।

एक दिन उसने अपने मित्र के दोनों लड़कों को भोजन के लिए निमन्त्रित किया। लड़के भोजन के लिए आये तो उसने उन्हें कहीं छिपा दिया और पूछने पर कह दिया कि वे बन्दर बन गये हैं।

लड़कों का पिता उनका पता लगाने के लिए वहाँ आया तो उसने उसे उस मूर्ति की जगह बैठाकर उसके ऊपर बन्दर छोड़ दिये। बन्दर उसके साथ खेलने लगे। उसने कहा, "लो ये ही तुम्हारे लड़के हैं।"

कपटी मित्र कहने लगा, "कहीं लड़के भी बन्दर बन सकते हैं?" उसके मित्र ने जवाब दिया, "तो फिर ख़ज़ाने का कोयला कैसे बन सकता है?"

पढ़ना और गुनना

एक बार की बात है। किसी गुरु के दो शिष्य जंगल में लकड़ी बीनने जा रहे थे। कुछ दूर जाने पर उन्हें हाथी के पैर दिखाई दिये। पहले शिष्य ने कहा, "ये पैर हथिनी के होने चाहिए।"

दूसरा—"तुमने कैसे जाना?"

"उसका मूत्र देखकर। और वह हथिनी एक आँख से कानी होनी चाहिए।"

दूसरा—"यह कैसे?"

"क्योंकि उसने एक ही ओर के झाड़ खाये हैं।"

आगे चलने पर उन्हें एक बुढ़िया मिली। बुढ़िया सिर पर पानी का घड़ा लिये जा रही थी। बुढ़िया का पुत्र परदेश गया हुआ था। उसने इन लोगों से पूछा, "बताइए, मेरा पुत्र परदेश से कब लौटेगा?"

इसी समय बुढ़िया के सिर का घड़ा ज़मीन पर गिरकर फूट गया। यह देखकर दूसरे शिष्य ने कहा, "जान पड़ता है, तुम्हारा पुत्र मर गया है।"

पहले शिष्य ने कहा, "नहीं माँ, तेरा पुत्र कुशलपूर्वक है, और वह तेरे घर आ गया है।"

बुढ़िया ने घर जाकर देखा तो सचमुच उसका पुत्र घर पर आया हुआ था।

वह लौटकर आयी। उसने पहले शिष्य को एक धोती-जोड़ा और कुछ रुपये देकर उसका सम्मान किया।

लकड़ी लेकर दोनों शिष्य गुरु के पास पहुँचे। दूसरे शिष्य ने गुरुजी से कहा, "गुरुजी, आप मुझे ठीक नहीं पढ़ाते। इसीलिए मेरे साथी की सब बातें ठीक होती हैं, और मेरी नहीं।" गुरु ने उत्तर दिया, "इसमें मेरा क्या दोष है? तुम पढ़कर गुनते नहीं, जबकि तुम्हारा साथी पढ़कर गुनता है।"

पहले शिष्य ने बताया कि उसने जब घड़े को फूटते हुए देखा तो समझा कि जैसे मिट्टी का घड़ा फूटकर मिट्टी में मिल जाता है, इसी प्रकार इस बुढ़िया को उसका पुत्र शीघ्र ही मिल जाएगा।

राजा का न्याय

एक बार कोई किसान अपने किसी मित्र से बैल माँगकर ले गया, और शाम को काम ख़त्म होने पर उन्हें उसके बाड़े में छोड़ गया। जब किसान बैल लाया तो उसका मित्र भोजन कर रहा था। उसने बैल देख लिये थे, मगर वह कुछ बोला नहीं।

थोड़ी देर बाद बैल बाड़े में से निकलकर कहीं चले गये और उनका पता न चला।

भोजन करने के पश्चात् मालिक ने देखा कि बैल नहीं हैं। उसने किसान को राजा के पास चलने को कहा।

रास्तें में उन्हें एक घुड़सवार मिला। घोड़ा अचानक उसे गिराकर भाग गया। घुड़सवार चिल्लाया, "पकड़ो! पकड़ो!" इतने में किसान ने घोड़े के इतनी ज़ोर से लाठी फेंककर मारी कि वह उसके मर्मस्थान में लगी और घोड़ा मर गया। घुड़सवार भी किसान को पकड़कर राजा के पास लेकर चला।

रात को तीनों नगर के बाहर ठहरे। वहाँ कुछ नट भी ठहरे हुए थे। रात को लेटे-लेटे किसान सोचने लगा कि राजा मुझे आजीवन कारावास की सजा देगा, अतएव मैं क्यों न गले में फाँसी लटकाकर मर जाऊँ? यह सोचकर वह गले में फन्दा लगा बरगद के पेड़ के ऊपर लटक गया। दुर्भाग्य से रस्सी टूट गयी। किसान नटों के नेता के ऊपर गिरा और नेता मर गया। अब नटों ने भी किसान को पकड़ लिया, और उसे वे राजा के पास ले चले।

राजा की सभा में पहुँचकर तीनों अभियोगियों ने अपने बयान दिये और राजा से प्रार्थना की कि अभियुक्त को उचित दण्ड मिलना चाहिए।

राजा ने अभियुक्त से सब हाल सुना। उसे सारे मामले का पता चल गया।

उसने बैलों के मालिक से कहा, "अभियुक्त तुम्हारे बैल वापस देगा, परन्तु पहले तुम उसे अपनी आँखें निकालकर दो।"

घोड़े के मालिक से कहा, "अभियुक्त तुम्हें घोड़ा वापस देगा, परन्तु पहले तुम उसे अपनी जीभ काटकर दो।"

नटों से कहा, "अभियुक्त को प्राणदण्ड दिया जाएगा, परन्तु पहले वह बरगद के वृक्ष के नीचे लेट जाएगा, और तुममें से कोई गले में फाँसी लटकाकर वृक्ष के ऊपर से गिरने को तैयार हो जाए।"

चतुराई का मूल्य

किसी राजा की चित्रशाला में अनेक चित्रकार काम करते थे। उनमें एक बूढ़ा चित्रकार भी था। उसकी कन्या कनकमंजरी अपने पिता के लिए प्रतिदिन घर से भोजन लाती थी।

एक दिन वह भोजन लिये आ रही थी कि रास्ते में उसे एक घुड़सवार मिला जो बड़ी तेजी से अपना घोड़ा दौड़ाये लिये जा रहा था। कनकमंजरी घोड़े के नीचे आने से बच गयी और बड़ी कठिनता से प्राण बचाकर अपने पिता के पास पहुँची।

कनकमंजरी जब चित्रशाला में पहुँची तो उसका पिता शौच गया हुआ था। इस बीच में उसने फ़र्श पर मोर का एक सुन्दर पंख चित्रित कर दिया। राजा चित्रशाला में मौजूद था। उसने दूर से उस पंख को देख उसे उठाने के लिए हाथ बढ़ाया, परन्तु उसका हाथ फ़र्श में लगा, और उसका पंख उठाने का प्रयत्न निष्फल हुआ।

कनकमंजरी यह देख रही थी। उसे हँसी आ गयी। राजा के पूछने पर उसने कहा, "महाराज, तीन पैर से चौकी खड़ी नहीं होती, उसके लिए चौथे पैर की आवश्यकता होती है। भाग्य से चौथे पैर आप मिल गये।"

राजा—"क्या मतलब?"

कनकमंजरी—"महाराज, मैं रास्ते में चली आ रही थी। एक घुड़सवार तेज़ी से घोड़ा दौड़ाये आ रहा था। उसे इतनी समझ नहीं थी कि यदि कोई आदमी घोड़े के नीचे आ जाएगा तो क्या होगा? मैं बड़ी कठिनता से यहाँ तक पहुँच सकी हूँ। यह घुड़सवार पहला पैर हुआ। दूसरा पैर है राजा, जिसके यहाँ कोई क़ायदा-क़ानून नहीं। उसकी चित्रशाला में अनेक चित्रकार काम करते हैं। एक-एक चित्रकार के कुटुम्ब में बहुत-से कमानेवाले लोग हैं, जब कि मेरे पिता के कुटुम्ब में कमानेवाला अकेला मेरा पिता है। परन्तु राजा को इस बात का ज़रा भी ख़याल नहीं, वह सबको एक-सा वेतन देता है। तीसरा पैर है स्वयं मेरा पिता। आमदनी की अपेक्षा उसका व्यय अधिक है, और जबसे उसने इस चित्रशाला में काम करना शुरू किया है, उसने अपना पूर्व-संचित सब धन खा डाला है, और जब मैं ठण्डा-बासी भोजन लेकर आती हूँ तो वह शौच चल देता है।"

राजा—"तुमने मुझे चौथा पैर कैसे कहा?"

कनकमंजरी—"राजन्, यह हर कोई सोच सकता है कि फ़र्श के अन्दर मोर का पंख कहाँ से आएगा? फिर आपने उसे उठाने का प्रयत्न क्यों किया?"

"तुम ठीक कहती हो।" यह कहकर राजा अपने भवन में चला गया, और कनकमंजरी अपने पिता को भोजन खिलाकर घर लौट गयी।

अगले दिन राजा ने कनकमंजरी की मँगनी के लिए दूत भेजा। कनकमंजरी के माता-पिता ने कहला भेजा कि हम लोग अत्यन्त दरिद्र हैं, राजा का स्वागत हम नहीं कर सकते।

राजा ने कहलवाया कि आप लोग इसकी चिन्ता न करें। राजा ने कनकमंजरी का घर धन से भर दिया, और शुभ मुहूर्त में दोनों का विवाह हो गया।

कनकमंजरी को कहानी कहने का बहुत शौक़ था और राजा को सुनने का। कनकमंजरी ने कहानी कहना आरम्भ किया :

"किसी लड़की की तीन स्थानों से मँगनी आयी। एक जगह की मँगनी लड़की की माता ने, दूसरी जगह की उसके भाई ने और तीसरी जगह की मँगनी उसके पिता ने ले ली। विवाह की तिथि निश्चित हो गयी, और तीनों स्थानों से बारात आ पहुँची। दुर्भाग्यवश जिस रात को भाँवर पड़नेवाली थी, लड़की को साँप ने काट लिया और वह मर गयी। लड़की के तीनों वरों में से एक वर तो लड़की के साथ ही चिता में जल मरा, दूसरे वर ने अनशन आरम्भ कर दिया, और तीसरे ने देवी की आराधना कर संजीवन मन्त्र प्राप्त किया। इस मन्त्र से उसने लड़की तथा उसके वर को पुनः जीवित कर दिया। अब तीनों वर उपस्थित होकर लड़की माँगने लगे। बताइए राजन्, तीनों में से वह किसे मिलनी चाहिए?"

राजा बहुत देर तक सोचने के बाद भी जब सन्तोषजनक उत्तर न दे सका तो उसने कनकमंजरी से कहा, "तुम्हीं बताओ।" कनकमंजरी ने कहा, "रात बहुत हो गयी है, इस समय आँखों में नींद भर रही है, कल कहूँगी।"

दूसरे दिन राजा ने फिर पूछा। कनकमंजरी ने बताया, "देखिए, जिसने उस लड़की को जीवनदान दिया वह उसका पिता हुआ, और जो कन्या के साथ जीवित हुआ, वह उसका भाई हुआ। अब बाक़ी रहा तीसरा वर, जिसने अनशन किया था, कन्या उसी को दी जानी चाहिए।"

कनकमंजरी की कहानी राजा को बहुत पसन्द आयी। उसने कहा, "कोई दूसरी कहानी कहो।" कनकमंजरी ने कहा :

"किसी राजा के भौंरे में सुनार रानियों के गहने गढ़ते थे। भौंरे में हमेशा अँधेरा रहता, अतएव वहाँ मणि और रत्नों द्वारा प्रकाश किया जाता था। एक बार एक सुनार ने दूसरे सुनार से पूछा, 'इस समय रात है या दिन?' उसने उत्तर दिया—'रात।' कहिए राजन्, चन्द्र-सूर्य के प्रकाश को देखे बिना सुनार ने कैसे जान लिया कि रात है।"

जब राजा बहुत सोचने पर भी न बता सका तो उसने कनकमंजरी से पूछा। कनकमंजरी ने कहा, "अब रात बहुत हो गयी है, कल कहूँगी।"

अगले दिन राजा ने फिर पूछा। कनकमंजरी ने बताया, "राजन्, रात्रि के अन्धकार को देखकर सुनार ने बता दिया कि इस समय रात है।"

राजा ने कनकमंजरी से और कहानी कहने को कहा। वह कहने लगी :

"किसी राजा ने दो चोरों को एक सन्दूक़ में बन्द करके समुद्र में छोड़ दिया। बहते-बहते सन्दूक़ किनारे पर जाकर लगा। सन्दूक़ को देखकर बहुत-से आदमी इकट्ठे हो गये। जब सन्दूक़ खोला गया तो उसमें से दो आदमी निकले। लोगों ने पूछा, 'तुम लोगों को समुद्र में बहते-बहते कितने दिन हो गये?' उनमें से एक ने जवाब दिया, 'यह चौथा दिन है।' बताइए, सन्दूक़ में बैठे आदमी को इस बात का कैसे पता लग गया?"

जब राजा की कुछ समझ में न आया तो उसने कनकमंजरी से पूछा। उसने कहा, "इस समय मुझे नींद आ रही है, कल कहूँगी।"

अगले दिन कनकमंजरी ने बताया कि उस आदमी को चौथिया ज्वर आता था, इसलिए उसे मालूम हो गया कि चौथा दिन है।

राजा ने दूसरी कहानी कहने को कहा। कनकमंजरी बोली :

"दो सौतें एक-दूसरे का विश्वास नहीं करती थीं। एक के पास बहुमूल्य रत्न थे, और वह अपनी सौत के डर से उन्हें जगह-जगह छिपाती फिरती थी। एक दिन उसने अपने रत्नों को एक घड़े में रख दिया और घड़े को लीप दिया। दूसरी सौत ताड़ गयी। उसने मौक़ा पाकर घड़े में से रत्न निकाल लिये और घड़े को उसी तरह लीपकर छोड़ दिया। पहली सौत जब वापस आयी तो वह घड़े को देखकर समझ गयी कि उसके रत्न चोरी चले गये हैं। बताइए घड़े को बिना खोले स्त्री यह कैसे जान गयी कि उसके रत्न किसी ने चुरा लिये हैं?"

राजा जब सन्तोषजनक उत्तर न दे सका तो उसने कनकमंजरी से पूछा। कनकमंजरी ने कहा, "रात बहुत हो गयी है, कल कहूँगी।"

अगले दिन उसने बताया, "महाराज, वह घड़ा काँच का था, अतएव उसे ऊपर से लीप देने पर भी उसके अन्दर की वस्तु दिखलाई देती थी।"

राजा के आग्रह करने पर कनकमंजरी ने दूसरी कहानी कही :

"एक बार कोई स्त्री किसी भोज में जा रही थी। उसने एक साहूकार के यहाँ कुछ रुपये रखकर हाथों के कड़े लिये, कड़ों को उसने अपनी लड़की को पहना दिया। बहुत दिन हो गये, परन्तु स्त्री ने साहूकार को कड़े नहीं लौटाये। धीरे-धीरे कई बरस बीत गये। जब साहूकार कड़े माँगता, स्त्री कह देती—'दूँगी।' कुछ समय बाद लड़की सयानी हो गयी और उसके हाथों में से कड़ों का निकलना कठिन हो गया। स्त्री ने साहूकार से कहा, 'सेठजी, कड़े छोड़ दो, मैं तुम्हें और रुपये दे दूँगी।' पर साहूकार

न माना। उसने कहा, 'मुझे तो कड़े चाहिए, मैं रुपये नहीं चाहता।' स्त्री ने कहा, 'सेठजी, हम दूसरे कड़े बनवाकर दे देंगे।' परन्तु साहूकार ने कहा, 'नहीं मैं तो वे ही कड़े लूँगा।' कहिए राजन्, क्या उपाय किया जाए जिससे उस ग़रीब स्त्री को छुटकारा मिले।"

राजा बोला, "तुम्हीं बताओ।" कनकमंजरी ने कहा, "कल कहूँगी।"

अगले दिन उसने कहा, "यदि साहूकार उन्हीं कड़ों को माँगने पर तुला है, तो स्त्री को कहना चाहिए कि मैं तुम्हारे वही कड़े दूँगी, लेकिन तुम पहले मेरे वही रुपये लाओ।"

कनकमंजरी ने और भी बहुत-सी कहानियाँ कहीं, और वह छह महीने तक कहानियाँ कहती रही। राजा कनकमंजरी से बहुत प्रसन्न हुआ और उसने उसे पटरानी बना दिया।

घोड़ों का सईस

ईरान में घोड़ों का कोई मालिक रहता था। उसका एक सईस था जो उसके घोड़ों की देखभाल किया करता था।

धीरे-धीरे घोड़ों के मालिक की कन्या से सईस का प्रेम हो गया।

जब वेतन का समय आया तो सईस ने मालिक की कन्या से पूछा, "बोलो, अपनी नौकरी के बदले में कौन-सा घोड़ा माँगूँ?"

कन्या बोली, "निश्चिन्ततापूर्वक खड़े हुए घोड़ों के बीच में पत्थरों का एक कुण्डा भरकर किसी वृक्ष से नीचे गिराया जाए और पत्थरों की खड़खड़ सुनकर जो घोड़े भयभीत न हों, उन्हें तुम ले लेना अथवा ढोल-ढपड़े का शब्द सुनकर, या आराम से सोते हुए कर्कश शब्द करने पर भी न जागनेवाले घोड़ों को तुम ले सकते हो।"

नौकर ने ऐसा ही किया। जो उसकी परीक्षा में खरे उतरे, ऐसे दो घोड़े उसने छाँट लिये।

वेतन के दिन उसने वे घोड़े माँगे।

घोड़ों के मालिक ने कहा, "इन दो घोड़ों को छोड़कर बाक़ी सब घोड़े तुम ले सकते हो। इन्हें लेकर क्या करोगे?"

लेकिन सईस नहीं माना।

मालिक ने अपनी पत्नी से सलाह की कि यदि इसके साथ अपनी बेटी का विवाह कर दें तो कैसा रहे। लेकिन इसके लिए वह तैयार न हुई।

घोड़ों के मालिक ने अपनी पत्नी को बढ़ई का दृष्टान्त दिया :

"कोई बढ़ई अपने मामा के घर गया। मामा ने अपनी कन्या की शादी उसके साथ कर दी। लेकिन वह बढ़ई घर का कोई काम-काज नहीं करता था। उसकी पत्नी उससे बहुत कहती, फिर भी वह प्रतिदिन जंगल से खाली हाथ लौट आता। इस तरह छह महीने बीत गये। छह महीने बाद उसने भोजन परोसने की एक कड़छी बनाकर तैयार की। अपनी पत्नी से उसने कहा कि इसका दाम एक हज़ार से कम नहीं है। इस कड़छी का सबसे बड़ा गुण यह था कि उससे यदि कोई चीज़ परोसी जाती तो वह कभी ख़त्म नहीं होती थी। एक सेठ को इसका पता लगा। उसने उस कड़छी में सौ हज़ार की क़ीमत का सोना भरकर बढ़ई को वापस कर दी। अब यह

कड़छी सोने से हमेशा भरी रहने लगी। सेठ ने बढ़ई और उसकी पत्नी का आदर-सत्कार करके उन्हें विदा किया।"

दृष्टान्त सुनकर घोड़ों के मालिक की बात उसकी पत्नी को जम गयी।

उन्होंने सईस के साथ अपनी कन्या का विवाह कर दिया। घोड़ों का सईस घरजमाई बनकर वहाँ रहने लगा।

सच्चा प्रेम

पाटलिपुत्र में दो वेश्याएँ रहती थीं—एक का नाम था कोशा, दूसरी का उपकोशा।

स्थूलभद्र कोशा के साथ रहते थे। कुछ समय बाद उन्होंने दीक्षा ग्रहण कर ली। लेकिन चातुर्मास उन्होंने कोशा के घर ही बिताया।

कोशा श्राविका (जैन धर्म की उपासिका) बन गयी। उसने ब्रह्मचर्य व्रत स्वीकार किया। अब वह केवल राजा के आदेश से ही किसी पुरुष के साथ रह सकती थी।

उसी नगर में कोई रथकार रहता था। उसने राजा की आराधना कर उसे प्रसन्न कर लिया। राजा ने प्रसन्न होकर कोशा को उसके हवाले कर दिया।

लेकिन कोशा सदा स्थूलभद्र के गुणों का ही बखान किया करती थी रथकार की सेवा-शुश्रूषा से उसे कोई मतलब नहीं था।

एक बार अपना कौशल दिखाने के लिए रथकार उसे अशोक-वाटिका में ले गया। वहाँ उसने ज़मीन पर खड़े-खड़े आम के झाड़ पर लगे हुए आमों के गुच्छे को तीर से बींधकर इस तरह गिराया कि वह उसके हाथ में आ पहुँचा।

लेकिन रथकार के हाथ की यह सफ़ाई देखकर भी कोशा सन्तुष्ट न हुई। उसने कहा कि किसी बात का अभ्यास करते रहने से कोई चीज़ मुश्किल नहीं रहती। उसने कहा, मुझे देखो, सरसों के ढेर पर, सूई के अग्रभाग पर और कनेर के फूलों की पराग पर मैंने नृत्य किया है।

रथकार ने बड़े सम्मान के साथ कोशा की प्रशंसा की।

कोशा ने उत्तर दिया, "न आमों के गुच्छे को वृक्ष पर से तोड़ना कठिन है और न प्रशिक्षित मनुष्य के लिए नृत्य करना। केवल वही कठिन है और वही मान्य है जो मुनि स्थूलभद्र प्रमदवन में कह गये हैं।"

यह सुनकर रथकार शान्त हो गया।

बुढ़िया और पड़ोसिन

कोई बुढ़िया गोबर पाथकर अपनी गुज़र करती थी। एक बार उसने किसी देव की आराधना की। उसकी कृपा से उसके गोबर के उपले रत्न बन गये।

बुढ़िया धनवान हो गयी। उसने चार कोठों का एक सुन्दर भवन बनवा लिया और वह सुख से रहने लगी।

एक दिन बुढ़िया के घर उसकी एक पड़ोसिन आयी। उसने बातों-बातों में पता लगा लिया कि बुढ़िया इतनी जल्दी धनी कैसे बन गयी।

उसने भी देव की आराधना शुरू कर दी। देव ने वर माँगने को कहा। पड़ोसिन ने कहा, "मैं चाहती हूँ कि जो वस्तु तुम बुढ़िया को दो उससे मेरी दुगुनी हो जाए।"

अब जो वस्तु बुढ़िया माँगती, वह उसकी पड़ोसिन के घर दुगुनी हो जाती। बुढ़िया के घर चार कोठों का एक घर था जबकि उसकी पड़ोसिन के दो ही थे।

बुढ़िया को इस बात का पता लगा तो वह बहुत कुढ़ी। उसने देव से वरदान माँगा कि उसका चार कोठोंवाला घर गिर पड़े और उसके स्थान पर घास की एक कुटिया बन जाए। उसकी पड़ोसिन के दोनों भवन नष्ट हो गये और उसकी जगह घास की दो कुटियाएँ बन गयीं।

फिर बुढ़िया ने दूसरा वर माँगा कि उसकी एक आँख फूट जाए। उसकी पड़ोसिन की दोनों फूट गयीं।

इसके बाद बुढ़िया ने कहा, "मैं एक पैर से लँगड़ी, और एक हाथ से लूली हो जाऊँ।" उसकी पड़ोसिन के दोनों हाथ और दोनों पाँव टूट गये।

पड़ोसिन पड़ी-पड़ी सोचती—यह मेरे किये का ही फल है।

अपना-अपना पुरुषार्थ

किसी नगर में तीन मित्र रहते थे—एक राजकुमार, एक मन्त्रीपुत्र और एक वणिक्पुत्र। एक बार तीनों इकट्ठे होकर बोले कि पता लगाया जाए कौन कैसे जीता है? राजकुमार ने कहा, "मैं अपने पुण्य से जीता हूँ।" मन्त्रीपुत्र ने कहा, "मैं अपने बुद्धिबल से जीता हूँ।" वणिक्पुत्र ने कहा, "मैं अपनी चतुराई से जीता हूँ।"

तीनों मित्र परदेश गये और किसी नगर में पहुँचकर एक उद्यान में ठहर गये। वणिक्पुत्र से कहा गया कि वह शीघ्र ही भोजन की व्यवस्था करे।

वणिक्पुत्र एक बनिये की दूकान पर पहुँचा। संयोगवश, उस दिन कोई उत्सव था, इसलिए उसकी दूकान पर इतनी अधिक भीड़ थी कि बनिया सब ग्राहकों को नहीं निबटा पा रहा था। वणिक्पुत्र उसकी दूकान पर पहुँचकर ग्राहकों को नमक, घी, तेल, गुड़, सूँठ, मिर्च आदि तौलकर, पुड़िया बाँध-बाँधकर देने लगा।

बनिये ने हिसाब लगाया तो उस दिन उसे बहुत लाभ हुआ। उसने वणिक्पुत्र को भोजन के लिए निमन्त्रित किया। लेकिन वणिक्पुत्र ने कहा कि उसके दो साथी और हैं। बनिये ने उसके साथियों को बुलाकर उनका भोजन, ताम्बूल आदि से सत्कार किया और उसे पाँच रुपये भेंट में दिये।

दूसरे दिन मन्त्रीपुत्र की बारी थी। मन्त्री का पुत्र नगर के न्यायालय में पहुँचा। न्यायालय में उस समय एक मुक़दमा चल रहा था।

दो सौतों के बीच झगड़ा था। एक सौत के पुत्र था, दूसरी के नहीं। जिसके पुत्र नहीं था वह पुत्रवाली सौत के लड़के को बड़े लाड़-चाव से रखती थी। धीरे-धीरे वह लड़का उससे इतना हिलमिल गया कि उसने अपनी माँ के पास जाना ही छोड़ दिया। एक दिन किसी बात पर दोनों में लड़ाई हो गयी। दोनों कहने लगीं—"लड़का मेरा है।" न्यायाधीश बहुत कोशिश करने पर भी न जान सका कि लड़के की असली माँ कौन-सी है?

मन्त्रीपुत्र ने मुक़दमा सुनने के पश्चात् न्यायाधीश से कहा, "यदि आपकी आज्ञा हो तो इस मुक़दमे का फ़ैसला मैं कर दूँ ?"

मन्त्रीपुत्र ने दोनों सौतों को बुलाकर कहा, "अगर तुम लोग सच-सच नहीं बताती हो तो हम अभी लड़के के दो टुकड़े करके दोनों को आधा-आधा बाँट देंगे।"

यह सुनते ही लड़के की माँ रोकर कहने लगी, "मुझे पुत्र नहीं चाहिए, उसे

मेरी सौत को ही दे दिया जाए। अगर यह जीता रहा तो कम-से-कम मैं इसे देख तो लिया करूँगी।”

न्यायाधीश समझ गया कि पुत्र किसका है। मन्त्रीपुत्र का बहुत सम्मान हुआ, और उसे एक हज़ार रुपये भेंट देकर बिदा किया।

तत्पश्चात् राजकुमार की बारी आयी। राजकुमार अपने भाग्य के भरोसे उठकर चल दिया। संयोगवश उस दिन नगर का राजा मर गया था। उसके कोई पुत्र नहीं था जिसे राजगद्दी पर बैठाया जा सके। राजकुमार एक वृक्ष की छाया के नीचे बैठा हुआ था। इतने में वहाँ एक घोड़ा आकर हिनहिनाने लगा। कर्मचारीगण राजकुमार को घोड़े पर चढ़ाकर नगर में ले गये और उसे राजगद्दी पर बैठा दिया।

राजकुमार ने अपने साथियों को भी अपने पास बुला लिया, और सब आनन्द से रहने लगे।

गीदड़ की चतुराई

एक बार की बात है। किसी गीदड़ ने झील के नजदीक़ मरा हुआ एक हाथी देखा। वह सोचने लगा—“यह बड़े भाग्य से मिला है, इसे निश्चिन्त होकर खाऊँगा।”

इतने में वहाँ एक सिंह आ गया। उसने पूछा, “क्यों भानजे, अच्छे तो हो?” गीदड़ ने उत्तर किया, “मामाजी, आपकी दया है।” सिंह ने पूछा यह किसने मारा है?” गीदड़ ने कहा, “व्याघ्र ने।” सिंह ने सोचा कि अपने से छोटे द्वारा मारे हुए शिकार को नहीं खाना चाहिए। वह पानी पीकर वहाँ से चला गया।

इतने में वहाँ एक व्याघ्र आ पहुँचा। व्याघ्र के पूछने पर गीदड़ ने कह दिया कि सिंह ने मारा है। व्याघ्र भी पानी पीकर चलता बना।

थोड़ी देर बाद वहाँ एक कौआ आया। गीदड़ ने सोचा कि यदि इसे न दूँगा तो वह काँव-काँव करेगा और इसकी आवाज़ सुनकर बहुत-से कौए इकट्ठे हो जाएँगे। फिर बहुत-से गीदड़ आदि जानवर आ जाएँगे, मैं किस-किस को रोकूँगा? अतएव इसे कुछ देकर टालना ही अच्छा है। गीदड़ ने कौए की तरफ़ मांस का एक टुकड़ा फेंक दिया। कौआ उसे लेकर उड़ गया।

तत्पश्चात् वहाँ एक गीदड़ आया। उसने सोचा यह तो बराबरी का है, इसलिए इसे मार भगाना ही ठीक है। उसने भ्रुकुटि चढ़ाकर गीदड़ के ज़ोर से एक लात जमायी। गीदड़ भाग गया।

किसी ने ठीक कहा है—उत्तम पुरुषों को नम्रता से, शूरों को भेद से, नीच पुरुषों को थोड़ा-सा देकर तथा बराबरीवालों को पराक्रम से जीतना चाहिए।

मम्मण वणिक् की कहानी

राजगृह में मम्मण नाम का एक वणिक् रहता था। उसने बड़ी कठिनाई से बहुत-सा धन इकट्ठा किया था। लेकिन वह उसे खाने-पीने के काम में ख़र्च नहीं करता था।

अपने महल के ऊपर उसने दिव्य रत्नों से देदीप्यमान सोने का एक बैल बनवाकर रखा, जिसके उदर में करोड़ों का माल भरा हुआ था।

एक बैल तैयार हो जाने पर उसने दूसरा बैल बनाना शुरू कर दिया। यह बैल भी काफ़ी बन चुका था।

इस बीच में वर्षा ऋतु का आगमन हुआ। अपने बैल को पूरा करने के लिए एक लँगोटी पहन, एक बड़े-से काठ पर बैठ, वह नदी की बाढ़ में से लकड़ियाँ चुनने लगा।

राजा अपनी रानी के साथ महल की खिड़की में बैठा हुआ यह सब देख रहा था। वणिक् को देखकर रानी को उस पर बड़ी दया आयी। उसने राजा से कहा, स्वामी! यह ठीक ही सुनने में आता है कि राजा वर्षाकाल की नदी के समान होते हैं, जो भरे हुए को और भरते हैं और जो खाली है उसे छोड़ देते हैं।

राजा—यह कैसे?

रानी—देखिए, यह बेचारा ग़रीब कितने कष्ट में है।

राजा ने लकड़ी चुननेवाले को बुलाकर पूछा, तुम इनती मेहनत क्यों कर रहे हो?

लकड़ी चुननेवाला—महाराज! मेरे बैलों की जोड़ी पूरी नहीं हो रही है।

राजा—मैं तुझे सौ बैल दे सकता हूँ।

लकड़ी चुननेवाला—मुझे उनकी ज़रूरत नहीं। मुझे तो अपनी जोड़ी पूरी करनी है।

उसने अपने घर ले जाकर राजा को बैल दिखा दिया।

राजा—यह तो सारे कोठार से भी पूरा नहीं हो सकता। आश्चर्य है कि इतना वैभव होने पर भी तुम्हारी तृष्णा शान्त नहीं होती?

लकड़ी चुननेवाला—जब तक मेरा यह बैल पूरा नहीं हो जाता, तब तक मुझे शान्ति नहीं। इसके लिए मैंने अनेक उपाय किये हैं। अपना माल मैंने चारों दिशाओं

को भेजा है, खेती आरम्भ की है, तथा हाथी, घोड़े और बैलों का पालन-पोषण शुरू कर दिया है।

राजा–यदि ऐसी बात है तो फिर थोड़े-से लाभ के लिए नदी की बाढ़ में से तू लकड़ियाँ क्यों चुन रहा है?

लकड़ी चुननेवाला–महाराज! मेरा शरीर कष्ट सहन करने का अभ्यासी बन गया है। इस समय दूसरा कोई काम भी नहीं, और फिर वर्षा ऋतु में लकड़ियाँ महँगी हो जाती हैं। मुझे अपनी प्रतिज्ञा पूरी करनी है, इसलिए मैं इतनी मेहनत कर रहा हूँ।

राजा–ठीक है, तुम्हारी इच्छा पूरी हो। तुम ही इस बैल को पूरा कर सकते हो, और किसी में इतनी ताक़त नहीं।

वृद्धजनों का मूल्य

कोई राजा तरुण-जनों से बहुत प्रेम करता था, वृद्धों का मुँह तक वह नहीं देखना चाहता था।

एक बार की बात है, राजा दिग्विजय करने चला। मार्ग में एक जंगल पड़ा। राजा को बहुत प्यास लगी।

सेना ने पड़ाव डाल दिया था। प्यास के मारे राजा का बुरा हाल हो रहा था।

बहुत-से सैनिक इकट्ठे हो गये। जिसके मन में जो आता, वह कहता।

इतने में एक तरुण ने कहा, "महाराज! कोई वृद्ध पुरुष होता तो वह ठीक से उपाय बताता। हमने उसकी बहुत खोज की, लेकिन कोई मिला नहीं।"

वृद्ध पुरुष की खोज के लिए राजा ने डोंडी पिटवायी। पितृभक्त किसी युवक ने, जो अपने वृद्ध पिता को साथ लेकर वहाँ आया था, डोंडी रुकवा दी।

राजा की सेवा में उपस्थित होकर उसने कहा, "महाराज, यद्यपि आपने किसी वृद्ध को साथ लाने की मनाही कर दी थी, फिर भी पितृभक्ति के वश होकर अपने पिताजी को मैं यहाँ ले आया हूँ।"

राजा ने उसके पिता को बुलाकर पूछा, "कहिए, पानी कहाँ मिलेगा।"

वृद्ध ने कहा, "महाराज, जहाँ पर चरते हुए गधे भूमि को सूँघते हैं, उसके पास ही पानी की धारा होनी चाहिए।"

राजा ने ऐसे स्थान की तलाश करायी। उस स्थान को थोड़ा ही खोदा गया कि तभी वहाँ पानी का फ़व्वारा निकल पड़ा।

राजा ने पानी पीकर अपनी प्यास बुझायी।

तीन मन्त्रवादी

अशिवोपद्रव नगर में कोई राजा रहता था। उसके नगर के लोग अनेक व्याधियों से पीड़ित रहते थे।

एक बार वहाँ तीन मन्त्रवादी आये। उन्होंने राजा की सेवा में उपस्थित होकर निवेदन किया, महाराज! हम लोग व्याधियों को अच्छा करते हैं।

राजा–तुम किस प्रकार व्याधि को अच्छा करते हो?

पहला मन्त्रवादी–मेरे पास मन्त्र द्वारा प्राप्त सब अलंकारों से विभूषित एक भूत है। वह सुन्दर रूप धारण कर नगर के दरवाज़े या गलियों में क्रीड़ा करता हुआ पर्यटन करता है। उस पर किसी की नज़र न पड़नी चाहिए। यदि किसी की नज़र पड़ गयी तो वह गुस्सा हो जाता है और उसे मार डालता है। लेकिन जो उसे देखकर नीचा मुँह कर लेता है, उसका रोग शान्त हो जाता है।

राजा ने उत्तर दिया, जो इतना गुस्सेवाला है, उसकी मुझे आवश्यकता नहीं।

दूसरा मन्त्रवादी–महाराज, मेरे पास एक बड़ा भूत है। अपनी इच्छानुसार वह बड़ा बन जाता है। लम्बा उसका पेट है, चपटी नाक है, कोख उसकी खुली हुई है; पाँच उसके सिर हैं, एक पैर है, और शिखा उसके है नहीं। उसका रूप बीभत्स है। वह अट्टहास करता हुआ गाता-नाचता फिरता है। उसके इस विकृत रूप को देखकर जो उससे द्वेष करता है, हँसता है या उसकी प्रवंचना करता है, उसके सिर के सात टुकड़े हो जाते हैं। लेकिन जो उसे देखकर सुन्दर वचनों द्वारा उसका अभिनन्दन करता है और धूप-पुष्प आदि से उसका आदर-सत्कार करता है, उसकी सब व्याधियाँ शान्त हो जाती हैं।

राजा–ऐसे भूत की भी मुझे आवश्यकता नहीं।

तीसरा मन्त्रवादी–महाराज, मेरे पास भी एक भूत है जो किसी का बुरा नहीं विचारता। उसके देखने-मात्र से रोग शान्त हो जाते हैं।

राजा–यह भूत मेरे काम का है।

भूत के देखने से नगरवासियों की व्याधियाँ शान्त हो गयीं।

राजा ने सन्तुष्ट होकर तीसरे मन्त्रवादी का बहुत आदर-सत्कार किया।

अट्टण मल्ल

उज्जयिनी नगरी में जितशत्रु नाम का राजा राज्य करता था। अट्टण नाम का उसका एक मल्ल योद्धा था जिसे कोई मल्लयुद्ध में नहीं हरा सकता था।

सिंहगिरि शूर्पारक का राजा था। वह विजयी मल्लों को बहुत-सा धन देकर उन्हें प्रोत्साहित किया करता था। अट्टण मल्ल प्रतिवर्ष शूर्पारक जाता और पताका जीतकर ले आता।

एक दिन सिंहगिरि ने सोचा—यह तो ठीक नहीं। अट्टण दूसरे राज्य से आकर पताका जीतकर ले जाता है। यह मेरा अपमान है।

वह किसी दूसरे मल्ल की खोज करने लगा।

एक दिन उसने चर्बी का भक्षण करते हुए मच्छिअ नाम के एक व्यक्ति को देखा। चर्बी खाते-खाते उसका बल क्षीण हो गया था। सिंहगिरि ने उसे अपने घर रख लिया और उसे मल्लयुद्ध की शिक्षा देने लगा।

हमेशा की तरह अट्टण फिर से दंगल में भाग लेने के लिए रवाना हुआ। उसने अपने बैल पर रास्ते में खाने का कलेवा लाद दिया और शूर्पारक नगर में आ पहुँचा।

लेकिन अब की बार मच्छिअ मल्ल से वह हार गया।

अपने घर लौटकर अट्टण सोचने लगा—इस नौजवान मल्ल में बहुत ताक़त है। इससे मेरा बहुत नुक़सान है। यह सोचकर वह किसी अन्य मल्ल की तलाश करने लगा।

पता लगा कि सौराष्ट्र में कोई मल्ल है।

अट्टण सौराष्ट्र के लिए रवाना हो गया।

सौराष्ट्र पहुँचकर भरुकच्छहरणी गाँव में एक कुएँ के पास खेत में हल चलाता हुआ कोई किसान उसकी नज़र पड़ा।

एक हाथ से वह हल चला रहा था और दूसरे से कपास तोड़ता जाता था।

अट्टण ने सोचा कि देखना चाहिए कि इस किसान की ख़ुराक क्या है।

इतने में किसान ने हल के बैल खोल दिये। उसकी औरत खाना लेकर आयी। अट्टण ने किसान के खाने की परीक्षा की।

साँझ हो गयी थी। अट्टण ने रात को किसान के घर में रहने की जगह माँगी। किसान ने जगह दे दी।

रात्रि के समय बात-बात में उसने किसान की आजीविका के बारे में पूछा। किसान ने बता दिया।

अट्टण ने कहा, "चल, मैं तुझे धनवान बना दूँ।" अट्टण ने किसान की औरत को कपास की क़ीमत चुका दी।

किसान ने खेती करना छोड़ दिया और वह बैल लेकर अट्टण के साथ उज्जयिनी के लिए चल पड़ा।

वहाँ पहुँचकर अट्टण ने किसान को वमन-विरेचन आदि द्वारा नीरोग बना दिया और उसे मल्लयुद्ध की शिक्षा दी। अट्टण उसे फलहिय नाम से बुलाता था।

दंगल के अवसर पर अट्टण फलहिय को लेकर शूर्पारक पहुँचा।

पहले दिन फलहिय और मच्छिअ में कुश्ती हुई। दोनों में से न कोई हारा और न जीता।

दूसरे दिन फिर से दंगल होने की घोषणा की गयी।

कुश्ती के बाद फलहिय के शरीर में दुखन होने लगी थी। अट्टण ने उसकी मालिश और सेंक करायी।

लेकिन मच्छिअ ने मालिश करनेवालों को यह कहकर लौटा दिया कि फलहिय तो क्या, उसका बाप भी मुझे नहीं हरा सकता।

दूसरे दिन फिर दोनों पहलवानों में मल्लयुद्ध हुआ। फिर दोनों बराबर रहे।

तीसरे दिन अपने प्रतिद्वन्द्वी की चोट खाकर मच्छिअ अत्यन्त अशक्त हो गया और मन्थन-दण्ड की भाँति खड़ा रह गया। फलहिय ने दाँव-पेंच लगाकर उसे चित्त कर दिया।

फलहिय की विजय हुई और मच्छिअ हार गया। सिंहगिरि ने फलहिय का आदर-सत्कार किया। फलहिय उज्जयिनी वापस लौट गया।

अट्टण भी कुश्ती लड़ने का काम छोड़कर समय बिताने लगा। वह भी अब कोई काम करने लायक़ नहीं रहा था, इसलिए उसके सगे-सम्बन्धी उसका आदर नहीं करते थे।

एक दिन गुस्सा होकर अपने सम्बन्धियों से बिना कहे-सुने अट्टण कौशाम्बी चला गया। वहाँ पहुँचकर उसने रसायन का सेवन किया जिससे वह फिर से ताक़तवर हो गया।

अब की बार मल्लयुद्ध के समय उसने निरंगण नाम के राजा के पहलवान को कुश्ती में मार गिराया।

राजा को बहुत बुरा लगा। उसने सोचा कि बाहर के आये हुए एक पहलवान ने मेरे पहलवान को मार गिराया है। उसने अट्टण की ज़रा भी तारीफ़ नहीं की। दरबारी लोग भी चुप बैठे रहे।

तब अट्टण ने राजा को सुनाकर एक गाथा पढ़ी—

“हे वन, तुम पक्षियों से कहो, और हे पक्षियो, तुम अपने साथियों से कहो कि शस्त्ररहित अट्टण ने निरंगण को मार गिराया।”

गाथा सुनकर राजा अट्टण को पहचान गया। राजा ने प्रसन्न होकर दान-मान से उसका सत्कार किया और जीवन-पर्यन्त उसकी आजीविका बाँध दी।

अट्टण के सम्बन्धियों को जब इस बात का पता लगा तो वे उसके पास दौड़े आये, और विनम्र भाव से उसकी सेवा करने लगे।

विद्या का घड़ा

किसी योद्धा की दरिद्रता के कारण बड़ी बुरी हालत हो गयी। उसने खेती करनी शुरू की, लेकिन उसमें भी सफलता न मिली।

अपने बुरे दिनों को देखकर उसे दुनिया से वैराग्य हो आया और घर छोड़कर वह इधर-उधर घूमने लगा। धन कमाने के लिए उसने अनेक उपाय किये, लेकिन सब निष्फल गये।

यह देखकर योद्धा घर लौटने का विचार करने लगा।

रास्ते में जाते-जाते एक देव-मन्दिर पड़ा और रात को वह वहाँ ठहर गया।

उसने देखा कि एक चित्र-विचित्र घड़ा लिये हुए कोई आदमी मन्दिर में से निकला और उस घड़े को एक ओर रखकर उसकी पूजा करता हुआ कहने लगा, "तू शीघ्र ही मेरे लिए एक सुन्दर शयनगृह बनाकर तैयार कर दे।"

क्षंण भर में शयनगृह तैयार हो गया।

फिर उसने शयन, आसन, धन, धान्य और परिजन आदि की माँग की। उस घड़े के प्रताप से वे सब चीज़ें भी फ़ौरन ही तैयार हो गयीं।

यह देखकर वह योद्धा सोचने लगा—इधर-उधर घूमने-फिरने से क्या लाभ? मैं क्यों न इस सिद्ध-पुरुष को प्रसन्न करने का प्रयत्न करूँ।

वह योद्धा सिद्ध-पुरुष की सेवा-शुश्रूषा में लग गया।

सिद्ध-पुरुष ने प्रसन्न होकर पूछा, क्या चाहते हो?

योद्धा—मैं बड़ा अभागा हूँ। दरिद्रता के कारण बड़े कष्ट में हूँ। आपकी शरण आया हूँ। आपकी दया से अपना दारिद्र्य दूर करना चाहता हूँ।

सिद्धपुरुष ने सोचा—यह बेचारा दरिद्रता के कारण बहुत दुःखी है, अवश्य ही इसकी कुछ सहायता करनी चाहिए।

उसने कहा, "बोलो, क्या चाहते हो? कोई विद्या चाहते हो या विद्या से अभिमन्त्रित घड़ा?"

योद्धा के माँगने पर सिद्धपुरुष ने उसे घड़ा दे दिया।

विद्या से अभिमन्त्रित घड़ा लेकर योद्धा अपने गाँव को चला।

उसने सोचा—ऐसी लक्ष्मी से क्या प्रयोजन जो विदेश में हो, जिसका मित्रगण उपभोग न कर सकें और जो शत्रुओं को दिखाई न दे।

यह सोचकर वह अपने गाँव आया तथा विद्या के बल से अपनी इच्छानुसार एक सुन्दर भवन बनवाकर अपने बन्धु और मित्रों-समेत, बड़े आराम से समय-यापन करने लगा।

एक दिन उसने उस विद्या के घड़े को अपने कन्धे पर रखा, और 'मैं इसके प्रभाव से अपने बन्धु-बान्धवों के बीच रहकर ऐश्वर्य का उपभोग करता हूँ', यह कहता हुआ मदिरा पीकर वह नृत्य करने लगा।

योद्धा के नृत्य करते समय घड़ा फूट गया और विद्या के प्रताप से जो वह ऐश्वर्य का उपभोग करता था, वह ऐश्वर्य नष्ट हो गया।

योद्धा सोचने लगा कि अभिमन्त्रित घड़े की जगह यदि वह विद्या माँग लेता तो घड़ा फूट जाने पर भी वह आराम से रह सकता था। लेकिन अब क्या हो सकता था?

वणिक्पुत्रों की कहानी

किसी वणिक् के तीन पुत्र थे। वणिक् ने उनकी बुद्धि, व्यवसाय और पौरुष की परीक्षा के लिए एक-एक हज़ार कार्षापण देकर उन्हें आदेश दिया—तुम लोग इस रुपये से व्यापार करके शीघ्र ही लौटकर आओ।

रुपया लेकर तीनों वणिक्पुत्र अलग-अलग नगरों के लिए रवाना हो गये।

पहले वणिक्पुत्र ने सोचा—हम लोगों की परीक्षा के लिए पिताजी ने हमें रुपया दिया है, इसलिए बहुत-सा धन कमाकर उन्हें प्रसन्न करना चाहिए। जो व्यक्ति पुरुषार्थ से हीन होता है, उसकी दशा नरकट की घास के समान होती है। ऐसी हालत में समय आने पर आदमी को पुरुषार्थ करना उचित है। और यह समय हम लोगों के पुरुषार्थ करने का है भी।

यह सोचकर केवल भोजन और वस्त्र जितना पैसा ख़र्च करता हुआ, जुआ, मद्यपान आदि दुर्व्यसनों को छोड़कर, बड़े परिश्रम से वह धन कमाने में लग गया, जिससे उसे बहुत लाभ हुआ।

दूसरे वणिक्पुत्र ने सोचा—हम लोगों के पास पर्याप्त धन है। लेकिन यदि उसी का उपभोग करते रहेंगे तो वह शीघ्र ही समाप्त हो जाएगा, इसलिए मूलधन को बचाकर रखना चाहिए।

इसलिए जो धन वह कमाता, उसे अपने भोजन, वस्त्र तथा ऐश-आराम में ख़र्च कर डालता। लेकिन मूलधन को वह हाथ न लगाता।

तीसरे वणिक्पुत्र ने सोचा—हमारे यहाँ सात पीढ़ियों से धन चला आ रहा है, लेकिन बूढ़े हो जाने के कारण धन का नाश हो जाने के भय से पिताजी ने हम लोगों को परदेश भेज दिया है। इसलिए धन कमाने की झंझट में पड़ने से क्या फ़ायदा?

यह सोचकर उसने कोई व्यापार-धन्धा नहीं किया, केवल जुआ खेलने, मद्य-मांस का सेवन करने और ऐश-आराम की ज़िन्दगी बिताने में सारा समय खो दिया, जिससे उसका सारा धन ख़त्म हो गया।

कुछ समय बाद तीनों वणिक्पुत्र अपने नगर को लौटे।

जिसने अपना सब धन खो दिया था, वह सबका दास बनकर नौकर की भाँति रहने लगा।

दूसरा भोजन-वस्त्र से सन्तुष्ट रहता हुआ अपने घर के काम में लग गया। न वह दान-पुण्य क़र सकता और न अच्छी तरह धन का उपभोग ही कर सकता था।

तीसरे के बहुत-से घरबार हो गये और वह प्रचुर धन का स्वामी बनकर यथोचित दान-पुण्य करता हुआ नगर का प्रतिष्ठित नागरिक हो गया।

स्त्री-दासों की कहानी

एक बार की बात है, गिरिपुष्पित नगर में सिंह नामक कोई आचार्य पधारे। उन दिनों नगर में सलूनों का त्यौहार मनाया जा रहा था।

अपने नित्यकर्मों से निवृत्त होकर आचार्य के तरुण शिष्य आपस में वार्तालाप कर रहे थे।

एक ने कहा, "हम लोगों में ऐसा कौन है जो कल प्रातःकाल सिवइयाँ ला सके?"

गुणचन्द्र ने कहा, "मैं लाऊँगा।"

प्रातःकाल गुणचन्द्र अपना नन्दीपात्र लेकर भिक्षा के लिए चल दिया। वह सीधा सुलोचना नामक एक गृहिणी के घर पहुँचा और उससे सिवइयाँ माँगीं, परन्तु सुलोचना ने सिवइयाँ देने से इनकार कर दिया।

गुणचन्द्र को मालूम हुआ कि वह घर विष्णुमित्र का है, और वह अपने मित्रों की गोष्ठी में बैठा हुआ है। गुणचन्द्र वहीं पहुँचा। वह पूछने लगा कि विष्णुमित्र किसका नाम है?

विष्णुमित्र के साथियों ने कहा, "महाराज, आप तो साधु ठहरे, आपको विष्णुमित्र से क्या काम?"

"मुझे कुछ काम है।"

उसके साथियों ने कहा, "महाराज, वह महाकृपण है। आपको वह कुछ न देगा, इसलिए आपको जो चाहिए, हम लोगों से कहिए।"

इतने में विष्णुमित्र आगे बढ़कर बोला, "महाराज, मेरा नाम विष्णुमित्र है, आपको जो चाहिए, मैं दूँगा। ये लोग मज़ाक़ कर रहे हैं।"

गुणचन्द्र ने कहा, "यदि तुम अपनी स्त्री के दास नहीं हो तो मैं तुमसे कुछ माँगूँ?"

और फिर गुणचन्द्र ने स्त्री-दासों की कथा सुनायी :

"किसी गाँव में एक पुरुष रहता था। वह अपनी स्त्री की आज्ञा में चलता था। सुबह उठकर जब उसे भूख लगती, तो वह अपनी स्त्री से भोजन माँगता। वह लेटी-लेटी कहती, 'देखो, मुझे इस समय आलस्य आ रहा है। तुम उठकर चूल्हे में से राख निकाल दो, पड़ोस में से आग लाकर चूल्हा जला लो। चूल्हे पर खाना चढ़ा

दो और जब भोजन पककर तैयार हो जाए तो मुझे कहना, मैं उठकर परोस दूँगी।' "

पति अपनी स्त्री की आज्ञा का उसी तरह पालन करता।

प्रतिदिन चूल्हे की राख साफ़ करते-करते उसकी उँगलियाँ सफ़ेद पड़ गयी थीं, अतएव लोगों ने उसका नाम रखा—श्वेतांगुलि।

दूसरा स्त्री-दास अपनी स्त्री की आज्ञानुसार, लज्जा के कारण रात्रि के पिछले प्रहर में तालाब से पानी भरकर लाया करता। इससे पानी भरने की आवाज़ सुनकर तालाब के किनारे के वृक्षों पर सोते हुए बगुले उड़ जाते, अतएव लोगों ने उसका नाम रखा—बकोड्डायक।

तीसरा स्त्री-दास प्रातःकाल उठकर अपनी स्त्री के सामने हाथ जोड़कर पूछता—"प्रिय, क्या करूँ?" वह कहती, "जाओ, तालाब से पानी भरकर लाओ।" फिर कहती—"अब कोठार में से चावल निकालकर साफ़ करो।" भोजन के पश्चात् कहती—"अब मेरे पैर धोकर घी की मालिश करो।" वह हर काम के लिए अपनी स्त्री से पूछता, अतएव लोगों ने उसका नाम रखा—किंकर।

चौथा स्त्री-दास अपनी स्त्री से पूछता, "प्राणेश्वरी, मैं स्नान करना चाहता हूँ।" स्त्री कहती, "जाओ, आँवलों को सिल पर पीस, अँगोछा पहन, शरीर में तेल की मालिश कर, घड़ा लेकर, तालाब में स्नान करने जाओ, और उधर से लौटते समय घड़े में पानी भर लाना।" पुरुष कहता—"जो आज्ञा।" इसपर लोगों ने उसका नाम रखा—स्नायक।

पाँचवाँ स्त्री-दास रसोई में आसन पर बैठा-बैठा अपनी स्त्री से भोजन माँगता। वह कहती—"थाली लेकर मेरे पास आओ।" उसकी आज्ञानुसार वह उसके पास आता। भोजन परोसकर वह कहती—"जाओ, अब अपनी जगह बैठकर खाओ।" पुरुष हाथ में थाली लेकर गीध की चाल चलता हुआ अपने आसन पर जा बैठता, अतएव उसका नाम पड़ा—गृध्र रिंखी।

छठा स्त्री-दास अपनी स्त्री की आज्ञानुसार अपने बच्चे के मलमूत्र के कपड़े धोता था, अतएव उसका नाम पड़ा—हदज्ञ।

गुणचन्द्र की कथा सुनकर सब लोग बहुत हँसे और कहने लगे, "महाराज, विष्णुमित्र में इन छहों दासों के गुण विद्यमान हैं, अतएव इससे आपको कुछ न मिलेगा।"

विष्णुमित्र बोला, "महाराज, ये लोग हँसी कर रहे हैं, जो आप माँगेंगे, मैं दूँगा।"

गुणचन्द्र—अच्छा, अपने घर चलकर गुड़ और घी मिश्रित सिवइयाँ दिलवाओ।

विष्णुमित्र—यह कोई बड़ी बात नहीं, चलिए।

रास्ते में गुणचन्द्र ने बता दिया कि वह पहले भी घर जा चुका है, पर उसे खाली हाथ लौटना पड़ा।

विष्णुमित्र—कोई बात नहीं, आप द्वार पर खड़े रहें, मैं यहीं लाकर दे दूँगा।

घर जाकर विष्णुमित्र ने अपनी स्त्री से पूछा कि सिवइयाँ तैयार हैं? उसकी स्त्री गुड़ लेने के लिए सीढ़ी लगाकर माले पर चढ़ी कि इतने में झट विष्णुमित्र ने सिवइयों की पतेली उठाकर गुणचन्द्र के भिक्षापात्र में उलट दी।

सुलोचना ने अपने पति को साधु को सिवइयाँ देते हुए देख लिया। वह ऊपर से ही चिल्लाने लगी—इसे नहीं, इसे नहीं।

गुणचन्द्र अपनी नाक पर उँगली रखकर सुलोचना की ओर इशारा करता हुआ वहाँ से जल्दी से चला आया।

कृतघ्न कौए

एक बार की बात है, किसी नगर में बहुत ज़ोर का अकाल पड़ा।

सब कौए एकत्रित होकर सोचने लगे—क्या करना चाहिए? सर्वत्र भुखमरी फैल रही है। लोगों ने काकपिण्ड देना बन्द कर दिया, और जूठन तक हमें नसीब नहीं होती।

बूढ़े कौओं ने प्रस्ताव किया—"हम सबको मिलकर समुद्र-तट पर चलना चाहिए। वहाँ हमारे भानजे जलकाक रहते हैं। वे हमें समुद्र में से मछलियाँ पकड़-पकड़कर देंगे।"

यह बात सबको पसन्द आयी। अब कौए मिलकर समुद्र-तट पर पहुँचे।

जलकाक अपने मामाओं को देखकर बड़े प्रसन्न हुए और उन्होंने उनका स्वागत किया।

कौए समुद्र-तट पर आराम से रहने लगे।

कुछ समय बाद जब अकाल समाप्त हो गया और खाने-पीने का कोई कष्ट न रहा तो कौओं ने अपने साथियों को अपने निवास-स्थान पर भेजकर इसका पता लगाया।

समाचार मिला कि नगर में अमन-चैन है, और काकपिण्ड अब मिलने लगा है।

कौओं ने घर लौटने का निश्चय कर लिया, परन्तु प्रश्न था कि क्या कहकर वापस जाएँ।

एक दिन कौओं ने जलकौओं को बुलाकर कहा, "भानजो, हम लोग आज जा रहे हैं।"

उन्होंने पूछा, "मामाजी, अभी क्यों जाते हैं, कुछ दिन और रहिए।"

कौओं ने उत्तर दिया, "सुबह उठते ही सबसे पहले हमें तुम्हारे अधोभाग के दर्शन होते हैं, अतएव अब हमें जाना ही होगा।"

दो पायली सत्तू

कोई किसान अपनी गाड़ी में अनाज भरकर किसी शहर में जा रहा था। गाड़ी में तीतरी का एक पिंजड़ा भी बँधा हुआ था।

शहर में पहुँचने पर गन्धी के पुत्रों ने किसान से पूछा, "यह गाड़ी-तीतरी (गाड़ी में लटके हुए पिंजड़े में बन्द तीतरी, अथवा गाड़ी और तीतरी) कैसे बेचते हो?"

उसने कहा, "एक कार्षापण (एक सिक्का) में।"

गन्धी के पुत्रों ने उसे एक कार्षापण दे दिया, और उसकी गाड़ी और तीतरी लेकर चलते बने।

किसान को बड़ा दुःख हुआ कि एक कार्षापण में उसकी अनाज से भरी गाड़ी भी गयी और तीतरी भी।

उसने राजा के यहाँ मुक़दमा किया, मगर वह हार गया।

बेचारा किसान अपने बैल लेकर रोता हुआ जा रहा था कि उसे एक कुलपुत्र मिला। उसने रोने का कारण पूछा तो किसान ने कह दिया।

कुलपुत्र को किसान के ऊपर दया आयी। उसने कहा, "चिन्ता न करो। तुम गन्धी के पुत्रों के पास जाकर कहो कि अनाज से भरी हुई मेरी गाड़ी तो अब चली ही गयी, अब ये बैल भी तुम्ही ले लो; इनके बदले मुझे केवल दो पायली (छह किलो) सत्तू दे दो। परन्तु यह सत्तू तुम हर किसी के हाथ से न लेना। तुम कहना कि यदि तुम्हारी प्राणेश्वरी सर्वालंकार विभूषित होकर सत्तू देने आये तो ही तुम लोगे।"

किसान ने वैसा ही किया।

गन्धीपुत्र सत्तू देने को तैयार हो गये। परन्तु गन्धी की स्त्री ज्यों ही सत्तू लेकर आयी, किसान उसका हाथ पकड़कर उसे लेकर चलता बना।

गन्धीपुत्रों ने चिल्लाकर कहा, "यह क्या?"

किसान–"कुछ नहीं, दो पायली सत्तू लिये जा रहा हूँ।"

इस पर बहुत-से लोग इकट्ठे हो गये। बड़ी मुश्किल से लोगों ने बीच-बचाव किया।

गन्धीपुत्रों ने किसान की गाड़ी वापस दे दी और उसने उनकी स्त्री।

ऐतिहासिक कहानियाँ

महावीर की शिष्या चन्दनबाला

कौशाम्बी नगरी में राजा शतानीक रानी मृगावती के साथ राज्य करता था। सुगुप्त शतानीक का मन्त्री था। उसकी स्त्री नन्दा तथा मृगावती दोनों जैनधर्म की उपासिका थीं। दोनों में बहुत मित्रता थी।

एक बार की बात है। महावीर कौशाम्बी में विहार कर रहे थे। उन्होंने नियम ले रखा था कि यदि कोई दासी बनी हुई, शृंखला में बँधी, मुण्डितशिर राजकुमारी उन्हें आहार देगी तो लेंगे, अन्यथा नहीं।

चार मास बीत गये, परन्तु महावीर को आहार न मिला। वे नन्दा के घर आये। नन्दा बड़े आदर के साथ आहार लेकर उपस्थित हुई, परन्तु महावीर वापस लौट गये।

नन्दा को बहुत दुःख हुआ। उसने मन्त्री से कहा, "इतने दिन हो गये, भगवान को भिक्षा नहीं मिली। कोई ऐसा उपाय किया जाए जिससे उन्हें भिक्षा मिल जाय।"

उस समय नन्दा के घर मृगावती की नौकरानी आयी हुई थी। उसने जो कुछ सुना, मृगावती से कह दिया। मृगावती ने राजा से कहा कि ऐसे राज्य से क्या लाभ जहाँ भगवान को भिक्षा तक नहीं मिलती? राजा ने इस सम्बन्ध में मन्त्री को आदेश दिया, परन्तु फिर भी महावीर को भिक्षालाभ न हुआ।

इधर शतानीक ने चम्पा के राजा दधिवाहन पर चढ़ाई कर दी, और रातों-रात चम्पा पहुँचकर नगरी को घेर लिया। दधिवाहन भाग गया। शतानीक ने घोषणा कर दी कि जो जिसके हाथ लगे, ले ले।

एक सैनिक ने दधिवाहन की रानी धारिणी और उसकी कन्या वसुमती को पकड़ लिया। उसने सोचा कि धारिणी से मैं विवाह कर लूँगा और वसुमती को बेच दूँगा। धारिणी सैनिक के भावों को ताड़ गयी। उसने आत्महत्या कर ली।

सैनिक वसुमती को लेकर कौशाम्बी के बाज़ार में आया, और धनावह नाम के सेठ को उसे बेच दिया।

धनावह ने वसुमती को अपनी स्त्री मूला को सौंप दिया और उसे पुत्री की तरह पालने का आदेश दिया। वसुमती ने अपने शील-स्वभाव से घर के सब लोगों को प्रभावित कर लिया, अतएव वह शीलचन्दना अथवा चन्दना के नाम से कही जाने लगी।

लेकिन मूला चन्दना से ईर्ष्या करने लगी। उसे सन्देह था कि कहीं उसका पति उसे अपनी गृहिणी न बना ले।

एक दिन धनावह सेठ दोपहर के समय घर आया। सेठ के पैर धुलाने के लिए घर में कोई नहीं था, अतएव चन्दना स्वयं पानी लेकर उनके पैर धोने चली। सेठानी खिड़की में बैठी हुई देख रही थी। उसने सोचा, यदि कहीं इसके साथ सेठ का प्रेम हो गया तो ग़ज़ब हो जाएगा।

सेठ के चले जाने पर मूला ने एक नाई को बुलाकर चन्दना का सिर उस्तरे से मुँड़वा दिया और उसे ज़ंजीर में बाँधकर पीटा। फिर उसे घर के अन्दर बन्द कर दिया।

कुछ समय पश्चात् जब सेठजी आये तो उन्होंने चन्दना के बारे में पूछ-ताछ की, परन्तु सेठानी के डर के मारे कोई कुछ न बोला। सेठजी ने समझा कि वह कहीं इधर-उधर चली गयी होगी। रात को उन्होंने फिर पूछा, परन्तु फिर भी किसी ने न बताया। उन्होंने समझा कि वह सो गयी होगी। दूसरे दिन भी चन्दना का पता न चला। तीसरे दिन सेठजी ने फिर पूछा, और अपने नौकरों को बहुत डाँटा। इस पर एक बूढ़ी दासी ने सोचा कि यदि चन्दना ही न रही तो जीने से क्या लाभ? उसने बता दिया कि चन्दना घर में बन्द है।

सेठजी ने द्वार खोला तो भूख-प्यास से पीड़ित, मुरझायी हुई चन्दना को देखा। वह समझ गया कि यह मूला की करतूत है। उसने चन्दना के लिए भोजन का प्रबन्ध किया, और ज़ंजीर काटने के लिए लुहार को बुलवा लिया।

इतने में भगवान महावीर भिक्षा के लिए वहाँ आ निकले। चन्दना ने सोचा, क्यों न मैं इस भोजन को भगवान को अर्पित कर पुण्य-लाभ करूँ। भगवान ने भिक्षा के लिए हाथ फैलाया, और चन्दना ने उन्हें आहार देकर पुण्य का उपार्जन किया।

यह समाचार नगर-भर में फैल गया। राजा भी अपने रनिवास को लेकर वहाँ आया। दधिवाहन के कंचुकी ने वसुमती को पहचान लिया। रानी मृगावती को जब यह मालूम हुआ कि वह उसकी भानजी है तो उसे बड़ी प्रसन्नता हुई।

चन्दना का नाम दूर-दूर तक फैल गया। कुछ समय बाद चन्दना ने महावीर के धर्म में दीक्षा ले ली। बाद में उनकी प्रथम शिष्या बनकर संघ का नेतृत्व किया।

कुशल मन्त्री अभयकुमार

एक बार की बात है, उज्जयिनी के राजा प्रद्योत ने राजा श्रेणिक पर चढ़ाई कर दी। प्रद्योत की सेना बलशाली थी, इसलिए श्रेणिक को बहुत चिन्ता हुई। उसने अपने मन्त्री अभयकुमार को बुलाकर पूछा कि क्या करना चाहिए। अभयकुमार ने कहा, "राजन्, चिन्ता की कोई बात नहीं, मैंने सब व्यवस्था कर दी है।"

मन्त्री ने एक चाल चली। जहाँ प्रद्योत की सेना पड़ाव डालनेवाली थी, वहाँ सन्दूक़ों में धन भरकर ज़मीन में गाड़ दिया। कई दिन तक दोनों सेनाओं में युद्ध होता रहा।

एक दिन अभयकुमार ने प्रद्योत को एक गुप्त पत्र लिखकर भेजा—"राजा श्रेणिक ने तुम्हारे सैनिकों को फोड़ लिया है, अतएव तुम यहाँ से शीघ्र ही भाग जाओ। यदि तुम्हें विश्वास न हो तो सैनिकों के पड़ाव-स्थानों को खोदकर देखो, धन से भरे हुए सन्दूक़ मिलेंगे।"

प्रद्योत ने देखा तो बात सच निकली। प्रद्योत वहाँ से भाग गया।

उज्जयिनी पहुँचकर उसने अपने सैनिकों को बुलाया और उन पर शत्रु से रिश्वत लेने का अभियोग लगाया। सैनिकों ने उत्तर दिया—"महाराज, हम लोग निर्दोष हैं। इसमें अभयकुमार की कोई कूटनीति मालूम होती है।"

प्रद्योत ने सोचा कि यदि अभयकुमार इतना कुशल है, तो उसे पकड़कर मँगाना चाहिए।

उसने किसी तरक़ीब से अभयकुमार को पकड़ लिया, और राजा के कर्मचारी उसे रथ में बैठाकर उज्जयिनी ले आये। अभयकुमार को देखकर प्रद्योत बड़ा प्रसन्न हुआ। अभयकुमार ने कहा, "राजन्, इसमें तुम्हारी कौन-सी चतुराई है? धोखा देकर तुम मुझे यहाँ ले आये हो।"

अभयकुमार उज्जयिनी में रहने लगा। एक बार प्रद्योत का हाथी नलगिरि बिगड़ गया। अभय को बुलाया गया। उसने कहा कि कौशाम्बी का राजा उदयन गानविद्या में निपुण है, यदि उसे यहाँ किसी तरह लाया जा सके तो हाथी वश में आ सकता है।

उदयन को पकड़ने के लिए प्रद्योत ने एक यन्त्रमय हाथी बनवाकर जंगल में छुड़वा दिया। वनचरों ने उदयन को सूचना दी कि जंगल में एक हाथी आया है।

हाथी को देखकर उदयन गाने लगा। हाथी के अन्दर प्रद्योत के सैनिक छिपे हुए थे। उन्होंने उदयन को झट से गिरफ़्तार कर लिया।

उदयन राज-दरबार में उपस्थित किया गया। प्रद्योत ने कहा, "देखो, तुम राजकुमारी वासवदत्ता को संगीत की शिक्षा दो। परन्तु वह एक आँख से कानी है, अतएव तुम उसे देखना नहीं, नहीं तो उसे शर्म लगेगी।" इसी तरह राजकुमारी से कहा गया—"देखो, तुम्हारा गुरु कोढ़ी है। अतएव उसे देखना मत।"

गुरु और शिष्या के बीच में एक परदा लगा दिया गया और राजकुमारी परदे के अन्दर से गाना सीखने लगी। वासवदत्ता को उदयन का स्वर बड़ा मधुर लगता था, परन्तु उसे कोढ़ी समझकर वह उसकी ओर देखती न थी।

एक दिन वासवदत्ता को अपने गुरु को देखने की बड़ी इच्छा हुई। वह जान-बूझकर गाने को अशुद्ध पढ़ने लगी। उदयन को बहुत बुरा लगा। उसने कहा, "अरी एकनेत्रे, तू अशुद्ध पढ़ती है?" राजकुमारी बोली, "ऐ कोढ़ी, क्या तुम अपने-आपको नहीं जानते?"

उदयन ने सोचा—जैसा मैं कोढ़ी हूँ, वैसी ही यह कानी होगी। उसने परदा हटा दिया। दोनों की आँखें चार हुईं, और दोनों में प्रीति बढ़ने लगी।

एक दिन राजा का हाथी फिर बिगड़ गया। अभयकुमार ने कहा कि उदयन गाना गाये तो वह वश में हो सकता है। उदयन ने कहा, "राजकुमारी वासवदत्ता और मैं हथिनी पर सवार होकर गाएँगे।"

दोनों के बीच में परदा लगा दिया गया। दोनों गाने लगे।

हाथी शान्त हो गया, परन्तु वासवदत्ता और उदयन भाग गये। प्रद्योत के कर्मचारियों ने नलगिरि पर बैठकर दोनों का पीछा किया, परन्तु उन्हें न पकड़ सके।

अभयकुमार को प्रद्योत के दरबार में रहते-रहते बहुत दिन हो गये।

एक दिन उसने राजा से कहा, "राजन्, अब मुझे घर लौटने की आज्ञा दीजिए। यदि आप मुझे न जाने देंगे तो मैं आग में जलकर मर जाऊँगा।"

प्रद्योत ने अभय का बहुत सम्मान किया और उसे घर लौटने की अनुमति दे दी। जाते समय अभय ने कहा, "तुम मुझे यहाँ धोखा देकर लाये थे, अब यदि मैं भी तुम्हें यहाँ से उठाकर न ले जाऊँ तो मेरा नाम अभय नहीं।"

कुछ समय बाद अभयकुमार वणिक् के वेष में उज्जयिनी में आकर रहने लगा। अभयकुमार ने राजा प्रद्योत के समान रूप-रंगवाले एक पुरुष को पकड़कर उसका नाम प्रद्योत रखा और उसे पागल बना दिया। अभयकुमार लोगों से कहता—"देखो, यह मेरा भाई है। भाई के स्नेह के कारण मुझे इसकी देखभाल करनी पड़ती है। मुझे हमेशा डर रहता है कि कहीं यह भाग न जाए।"

अभय का बनावटी भाई पागलपन के कारण गुस्सा होकर बार-बार उठकर भाग जाता, और जब उसे पकड़कर लाते तो वह ज़ोर-ज़ोर से रोता-चिल्लाता—"देखो,

मैं प्रद्योत हूँ, और ये लोग मुझे ज़बरदस्ती लिये जा रहे हैं।"

एक दिन किसी तरक़ीब से अभयकुमार ने राजा प्रद्योत को अपने यहाँ बुलाया और उसे पलँग से बाँध दिया। अभय के कर्मचारी उसे उठाकर चल दिये। प्रद्योत बहुत चिल्लाया—"देखो, मैं प्रद्योत हूँ, और ये लोग मुझे ज़बरदस्ती लिये जा रहे हैं", परन्तु कोई असर न हुआ। उन्होंने समझा कि यह वणिकपुत्र का वही पागल भाई प्रद्योत है। कुछ लोगों ने पूछा—"इसे कहाँ ले जा रहे हो?" उत्तर मिला—"वैद्य के घर इलाज कराने।"

अभय के आदमी प्रद्योत को रथ में डालकर राजगृह ले गये।

श्रेणिक प्रद्योत से पहले से ही ख़ार खाये बैठा था। वह अपनी तलवार से उसे मारना ही चाहता था कि अभयकुमार ने उसे यह कहकर रोक दिया कि यह राजधर्म नहीं है।

श्रेणिक ओर प्रद्योत की परस्पर मित्रता हो गयी और श्रेणिक ने उसे सम्मानपूर्वक विदा किया।

व्यवसायी कृतपुण्य

राजगृह नगर में धनावह नाम का एक व्यापारी रहता था। उसका पुत्र था—कृतपुण्य।

कृतपृण्य जब बड़ा हुआ तो उसने समस्त कलाओं का अध्ययन किया और उसका विवाह हो गया।

माता-पिता और मित्रों की सम्मति से जीवन का अनुभव प्राप्त करने के लिए कृतपुण्य को एक वेश्या के घर रखा गया। धीरे-धीरे कृतपुण्य को वहाँ बारह वर्ष बीत गये, और इस बीच में वह फटेहाल हो गया। उसके माता-पिता ने बहुत चाहा कि किसी तरह उनका पुत्र घर लौट आये, परन्तु कृतपुण्य न लौटा।

कुछ समय पश्चात् उसके माता-पिता का देहान्त हो गया।

कृतपुण्य की भार्या के पास अब कुछ आभूषण तथा रुपये बाक़ी बचे थे। उन्हें भी उसने अपने पतिदेव की अन्तिम भेंट चढ़ा दी।

वेश्या की माता समझ गयी कि अब कृतपुण्य के पास कुछ नहीं बचा है। उसने उसकी भार्या द्वारा प्रेषित द्रव्य में कुछ और मिलाकर उसे लौटा दिया, और अब वह कृतपुण्य को घर से बाहर निकालने का उपाय सोचने लगी। परन्तु वेश्या नहीं चाहती थी कि कृतपुण्य वहाँ से चला जाए।

एक दिन वेश्या की माता ने कुछ बहाना बनाकर कृतपुण्य को घर से निकाल दिया।

कृतपुण्य अपने घर की हालत देखकर बहुत दुःखी हुआ।

वह धन कमाने के लिए एक काफ़िले के साथ परदेश को रवाना हुआ। रास्ते में एक मन्दिर पड़ा। कृतपुण्य वहाँ खाट बिछाकर सो गया। संयोगवश उसी समय एक वणिक्पुत्र की माँ को समाचार मिला कि जहाज़ फट जाने के कारण उसका इकलौता पुत्र मर गया है। उसे बहुत दुःख हुआ। उसने सोचा कि अब मैं पुत्र-विहीन हो गयी हूँ, अतएव कहीं ऐसा न हो कि मेरी सब सम्पत्ति राजकोष में चली जाए। यह सोचकर वह किसी अनाथ पुरुष की खोज में चल दी।

उसने कृतपुण्य को मन्दिर में सोते हुए देखा और उसे उठाकर अपने घर ले आयी।

घर आकर वह ज़ोर-ज़ोर से रोने लगी कि मेरा पुत्र बहुत दिनों बाद मिला है। उसने अपनी चारों पतोहुओं से कह दिया कि वह उनका देवर है।

कृतपुण्य आनन्द से रहने लगा। उसे रहते-रहते वहाँ बारह वर्ष बीत गये। इस बीच में उसकी प्रत्येक वधू से चार-चार, पाँच-पाँच सन्तानें हुईं।

वणिक्पुत्र की माँ अब कृतपुण्य को वहाँ से भगाने का उपाय सोचने लगी।

एक दिन उसने सब तैयारियाँ कर लीं। बहुओं ने रास्ते के लिए लड्डू बनाये और उनके अन्दर बहुमूल्य रत्न भर दिये। तत्पश्चात् कृतपुण्य को मद्यपान कराकर बेहोशी की हालत में उसी मन्दिर में ले जाकर छोड़ दिया।

प्रातःकाल ठण्डी-ठण्डी हवा से कृतपुण्य की आँखें खुलीं। उसने अपने-आपको एक मन्दिर में पड़ा पाया।

व्यापारियों का काफ़िला राजगृह वापस पहुँच गया। कृतपुण्य की स्त्री अपने पति को उसमें न पाकर बहुत चिन्तित हुई। उसने अपने पति की खोज में चारों ओर आदमी दौड़ाये। भाग्यवश कृतपुण्य मन्दिर में मिल गया, और वह सकुशल घर आ गया।

इसी बीच में कृतपुण्य के एक पुत्र हो गया था, जो लगभग ग्यारह वर्ष का था। वह पाठशाला से पढ़कर आया और भूख के मारे रोने लगा। अपनी माँ से वह बोला, "माँ खाने को दे, नहीं तो मारूँगा।"

माँ ने उसे अपने पति के लाये हुए लड्डुओं में से एक लड्डू दे दिया। लड्डू खाता-खाता वह बाहर चला गया। थोड़ी दूर चलकर लड्डू में-से उसे एक रत्न मिला। उसने रत्न को अपने साथियों को दिखलाया।

उन्होंने उसे एक पूड़े बेचनेवाले को दे दिया और उससे कहा कि इसके बदले उन्हें वह प्रतिदिन पूड़े दिया करे।

इसी तरह और लड्डुओं में से भी रत्न निकले और कृतपुण्य धनी बन गया।

एक बार राजा श्रेणिक का प्रिय हाथी सेचनक नदी में नहाने गया और वहाँ उसे मगर ने पकड़ लिया। राजा बहुत चिन्तित हुआ।

उसके मन्त्री अभयकुमार ने कहा कि यदि कहीं जलकान्त मिल सके तो हाथी बच सकता है।

राजा ने नगर-भर में घोषणा करा दी कि जो कोई जलकान्त मणि लाकर देगा, उसे आधा राज्य और राजकन्या दी जाएगी।

पूड़े बेचनेवाले को जब इसका पता लगा तो वह अपनी मणि लेकर राज-दरबार में उपस्थित हुआ।

जलकान्त मणि नदी में ले जाकर रखी गयी जिससे नदी में प्रकाश-ही-प्रकाश फैल गया।

मगर ने समझा कि वह जल में से निकलकर स्थल पर आ गया है। उसने घबराकर हाथी को छोड़ दिया।

राजा ने पूड़े बेचनेवाले को बुलाकर पूछा तो मालूम हुआ कि वह मणि उसे कृतपुण्य के लड़के से मिली थी।

राजा ने कृतपुण्य का बहुत सम्मान किया और उसे अपनी कन्या और आधा राज्य दे दिया।

रानी चेलना का सतीत्व

एक बार राजा श्रेणिक रानी चेलना के साथ महावीर के दर्शन के लिए गये। वहाँ से लौटते हुए उन्हें साँझ हो गयी। माघ का महीना था। चेलना ने मार्ग में ध्यान-मुद्रा में लीन कठोर तप करते हुए एक मुनि को देखा, और ऐसी भयंकर शीत में उसे तप करते देख, चेलना ने आश्चर्यचकित हो मुनि को बार-बार प्रणाम किया।

रानी महल में आकर सो गयी। सोते-सोते रानी का हाथ पलँग के नीचे लटक गया और ठण्ड से अकड़ गया। जब रानी की नींद खुली तो उसके हाथ में वेदना होने लगी। तुरन्त एक अँगीठी मँगायी गयी और रानी अपना हाथ सेंकने लगी।

इस समय रानी को सहसा उस तपस्वी का स्मरण हो आया जो भयंकर शीत में जंगल में बैठा तपश्चर्या में लीन था। उसके मुँह से सहसा निकल पड़ा, "उफ़, उस बेचारे का क्या हाल होगा!" यह सुनकर श्रेणिक को रानी पर सन्देह हो गया।

प्रातःकाल श्रेणिक ने अपने मन्त्री अभयकुमार को बुलवाया और उसे अन्तःपुर जला डालने की आज्ञा दी।

तत्पश्चात् श्रेणिक ने महावीर के पास पहुँचकर प्रश्न किया, "भगवन्, चेलना पतिव्रता है या नहीं?" महावीर ने उत्तर दिया, "हाँ, है।"

भगवान का उत्तर सुनकर श्रेणिक को बड़ी चिन्ता हुई। उसने सोचा कि अभयकुमार ने कहीं अन्तःपुर न जला डाला हो? वह जल्दी-जल्दी घर लौटा।

श्रेणिक ने मन्त्री को बुलाकर पूछा, "अन्तःपुर तो अभी नहीं जलाया?"

मन्त्री ने कहा, "महाराज, आपकी आज्ञा का पालन करना तो ज़रूरी था।"

श्रेणिक ने क्रोध में आकर मन्त्री से कहा, "हत्यारे, तुम भी उसी अग्नि में क्यों न जल मरे?"

राजा का क्रोध शान्त हो जाने पर अभय ने निवेदन किया, "महाराज, चिन्ता न करें। अन्तःपुर सुरक्षित है। आपकी आज्ञा शिरोधार्य करने के लिए केवल एक हस्तिशाला जला दी गयी थी।"

रानी मृगावती

अयोध्या के उत्तर-पूर्व में सुरप्रिय नामक यक्ष का एक मन्दिर था। यह यक्ष अत्यन्त चमत्कारपूर्ण था। प्रत्येक वर्ष वह चित्रिंत किया जाता था। लोग यक्ष का बड़ा उत्सव मनाते थे। उत्सव समाप्त होते ही यक्ष अपने चित्रकार को मार डालता था। फल यह हुआ कि चित्रकार नगरी छोड़-छोड़कर भागने लगे।

राजा को यह मालूम हुआ तो उसने सोचा कि इस तरह तो सब चित्रकार भाग जाएँगे, फिर यक्ष को कौन चित्रित करेगा? राजा ने सब चित्रकारों को एकत्र कर उन्हें दान-मान आदि द्वारा अपने वश में कर लिया। फिर, सबके नाम पत्तों पर लिखकर एक घड़े में डाल दिये गये, और प्रत्येक वर्ष एक-एक नाम निकाला जाने लगा। जिसका नाम निकलता, उसे यक्ष को चित्रित करना पड़ता था।

एक बार कौशाम्बी का एक चित्रकार घूमता-फिरता अयोध्या आया, और किसी चित्रकार के घर रहने लगा। यह चित्रकार अपनी वृद्धा माँ का इकलौता बेटा था। संयोगवश इस वर्ष इस चित्रकार की बारी आयी। वृद्धा को जब यह मालूम हुआ तो वह बहुत दुःखी हुई।

कौशाम्बी के चित्रकार ने कहा, “माँ, तुम क्यों रोती हो? यक्ष को चित्रित करने मैं जाऊँगा।”

नवयुवक चित्रकार ने दो दिन का उपवास किया, नये-नये वस्त्र पहने, नये कलशों के जल से स्नान किया, नयी तूलिकाएँ लीं, नये रंग और नये पात्र लिये, और वह यक्ष को चित्रित करने चल दिया।

यक्ष को भक्ति-भाव से चित्रित करने के पश्चात्, चित्रकार यक्ष के पैरों में गिरकर कहने लगा, “हे यक्ष, यदि मैंने कुछ अनुचित किया हो तो कृपा कर क्षमा करना।”

यक्ष ने वर माँगने को कहा। चित्रकार बोला, “लोगों को मारना छोड़ दो।” यक्ष ने कहा, “यह वर तो मैं दे ही चुका हूँ, कोई दूसरा वर माँग।” चित्रकार बोला, “देव, मुझे ऐसा वर दो जिससे मैं किसी मनुष्य या चौपाये आदि का एक हिस्सा देखकर उसका हूबहू चित्र बना सकूँ।” यक्ष ने कहा, “ऐसा ही हो।”

चित्रकार कौशाम्बी लौट गया। वहाँ शतानीक राजा अपनी रानी मृगावती के साथ राज्य करता था।

राजा एक चित्रसभा बनवा रहा था, जिसमें अनेक चित्रकार काम करते थे। यह चित्रकार भी इस चित्रसभा में काम करने लगा। उसे अन्तःपुर का क्रीड़ा-स्थल बनाने को कहा गया।

एक दिन चित्रकार चित्र बना रहा था कि उसे जाली के भीतर से रानी की एक उँगली दिखाई दी। उसे देखकर उसने रानी की हूबहू तसवीर खींच दी।

राजा ने रानी की तसवीर देखी तो उसे बहुत क्रोध आया। राजा ने सोचा कि यह चित्रकार मेरे अन्तःपुर तक पहुँच गया है! उसने चित्रकार को मारने का हुक्म दिया।

जब अन्य चित्रकारों को इसका पता लगा तो वे राजा के पास पहुँचे, और उन्होंने सब बातें कहीं। राजा ने चित्रकार को मारने की आज्ञा रद्द कर दी और उसके दाहिने हाथ का अँगूठा कटवाकर उसे देश-निकाला दे दिया।

चित्रकार फिर यक्ष के पास पहुँचा। यक्ष ने वरदान दिया, "अब तू बायें हाथ से चित्र खींचना।"

चित्रकार ने रानी मृगावती का एक सुन्दर चित्र बनाया, और उसे उज्जयिनी के राजा प्रद्योत के पास ले गया। प्रद्योत ने मृगावती का चित्र देखकर फ़ौरन कौशाम्बी दूत भेजा कि मृगावती को भेज दो, नहीं तो युद्ध के लिए तैयार हो जाओ।

राजा शतानीक ने दूत को अपमानित करके लौटा दिया।

प्रद्योत ने कौशाम्बी पर चढ़ाई कर दी। इस समय शतानीक बीमार होकर मर गया।

रानी ने सोचा कि प्रद्योत कहीं मेरे नाबालिग पुत्र को न मार दे, अतएव उसने प्रद्योत को बुलाकर कहा, "राजन्, उदयन अभी बालक है, कहीं आसपास के राजा चढ़ाई करके कौशाम्बी पर अधिकार न जमा लें, अतएव आप नगर की मज़बूत क़िलेबन्दी करा दें।"

नगर की क़िलेबन्दी हो जाने के बाद रानी ने कहा, "अब आप इसे धान्य से भर दें।" प्रद्योत ने रानी की यह बात भी मान ली, परन्तु फिर भी रानी उसकी न हुई। प्रद्योत ने फिर कौशाम्बी को घेर लिया।

अन्त में और कोई उपाय न देख मृगावती ने महावीर के चरणों में बैठकर दीक्षा ले ली।

राजा उद्रायण और प्रद्योत का युद्ध

वीतीभय नगरी (भेरा, जिला शाहपुर) में राजा उद्रायण अपनी रानी प्रभावती के साथ राज्य करता था। राजभवन में चन्दन की बनी हुई महावीर की एक अत्यन्त सुन्दर प्रतिमा थी। प्रतिमा की ख्याति दूर-दूर तक फैली हुई थी, और लोग दूर-दूर से उसके दर्शन के लिए आते थे।

एक बार गन्धर्व देश का कोई श्रावक प्रतिमा के दर्शनों के लिए आया। राजा की दासी प्रतिमा की देख-भाल करती थी। श्रावक दासी के भक्ति-भाव से अत्यन्त प्रसन्न हुआ और उसने सन्तुष्ट होकर उसे मनोवांछित फल देनेवाली बहुत-सी गोलियाँ दीं।

दासी ने सोचा कि गोलियों का कुछ उपयोग करना चाहिए। उसकी इच्छा हुई कि वह सुन्दर बन जाए। उसने एक गोली खा ली और उसका शरीर सोने-जैसा हो गया। दासी अब सुवर्णगुटिका नाम से प्रसिद्ध हो गयी।

एक दिन सुवर्णगुटिका ने उज्जयिनी के राजा प्रद्योत का ध्यान रखकर दूसरी गोली खा ली, और उसके पास दूत भेजा। दूत ने जाकर प्रद्योत से कहा कि सुवर्णगुटिका ने आपको बुलाया है। राजा प्रद्योत अपने नलगिरि हाथी पर चढ़कर आया, तथा सुवर्णगुटिका और महावीर की प्रतिमा को लेकर चला गया।

प्रातःकाल राजा के सिपाहियों ने देखा कि सड़क पर नलगिरि हाथी की लीद और मूत्र पड़े हैं, जिसकी गन्ध से नगर के हाथी उन्मत्त हो उठे हैं। थोड़ी दूर चलने पर उन्हें नलगिरि के पैर के चिह्न दिखाई पड़े। इतने में मालूम हुआ कि दासी लापता है और चन्दन की प्रतिमा भी नहीं है।

यह समाचार जब राजा उद्रायण के पास पहुँचा तो उसे बहुत क्रोध आया। उसने प्रद्योत के पास समाचार भेजा कि दासी की मुझे चिन्ता नहीं, लेकिन प्रतिमा लौटा दो। परन्तु प्रद्योत प्रतिमा लौटाने को तैयार न हुआ।

उद्रायण ने अनेक सामन्तों को साथ लेकर उज्जयिनी पर चढ़ाई कर दी। दोनों सेनाओं में युद्ध होने लगा।

कुछ समय बाद दोनों ने सोचा—व्यर्थ ही प्रजा का नाश करने से क्या लाभ? क्यों न हम दोनों ही परस्पर युद्ध कर लें?"

उद्रायण अपने रथ पर बैठकर युद्ध करने लगा और प्रद्योत नलगिरि पर। अन्त

में प्रद्योत का हाथी गिर पड़ा और प्रद्योत पकड़ लिया गया। उद्रायण के सैनिकों ने प्रद्योत के हथकड़ियाँ डाल दीं, और उसके मस्तक पर 'दासीपति प्रद्योत' अंकित कर दिया।

उद्रायण प्रद्योत को कैद करके वीतीभय ले चला।

उद्रायण जो भोजन स्वयं करता था, वही प्रद्योत को भी दिया जाता था। एक बार पर्यूषण (जैन लोगों का एक पवित्र पर्व) के दिन रसोइये ने प्रद्योत से पूछा, "महाराज, आज आप क्या भोजन करेंगे?" प्रद्योत ने कहा, "आज क्यों पूछते हो?" उत्तर मिला—"आज पर्यूषण होने से राजा का उपवास है, इसलिए आज केवल आपके लिए ही भोजन बनेगा।" प्रद्योत ने कहा, "तो आज मेरा भी उपवास है।"

यह सुनकर उद्रायण को प्रद्योत की धूर्तता पर हँसी आयी। उसने सोचा—ऐसा पर्यूषण मनाने से क्या लाभ जिसमें हृदय की पवित्रता नहीं? उद्रायण ने प्रद्योत को मुक्त कर दिया और उसका मस्तक सुवर्ण-पट्ट से विभूषित कर उसे विदा किया।

राजा प्रद्योत और मदनमंजरी

काम्पिल्य नगर में हरिवंश कुलोत्पन्न जय नाम का राजा राज्य करता था। गुणमाला उसकी रानी थी। राजा और रानी ऐश्वर्य का उपभोग करते हुए समय यापन करते थे।

एक दिन राजा अपनी सभा में बैठा हुआ था। उसने अपने दूत से पूछा, "क्या कोई ऐसी भी वस्तु है जो दूसरे राजाओं के पास है और मेरे पास नहीं?"

दूत ने उत्तर दिया, "महाराज, और तो सब ठीक है, एक चित्रसभा की कमी खटकती है।"

राजा ने राजगीरों को शीघ्र ही चित्रसभा बनाने का आदेश दिया।

चित्रसभा बनाने के लिए ज़मीन खोदते समय अनेक रत्नों से निर्मित, अग्नि के समान तेज से देदीप्यमान एक सुन्दर मुकुट दिखाई दिया।

मुकुट का समाचार सुनकर राजा अत्यन्त प्रसन्न हुआ। उसने बाजे-गाजे के साथ मुकुट को ज़मीन में से निकलवाया और राजगीर आदि कर्मचारियों को वस्त्राभूषण प्रदान कर उनका आदर-सत्कार किया।

थोड़े ही समय में उन्नत शिखरवाली एक सुन्दर चित्रसभा बनकर तैयार हो गयी। शुभ दिन देखकर उसमें प्रवेश किया गया और मंगल-वाद्यों के साथ राजा के सिर पर मुकुट स्थापित किया गया।

इस मुकुट के प्रभाव से राजा के दो मुँह दीखने लगे, इसलिए अब वह दुम्मुह (दुर्मुख) कहा जाने लगा।

कुछ समय बाद, एक के बाद एक राजा के सात पुत्र हुए। लेकिन एक भी पुत्री न होने से गुणमाला उदास रहती थी।

मदन यक्ष की मनौती की गयी जिससे गुणमाला को एक कन्या-रत्न की प्राप्ति हुई। बधाइयाँ दी गयीं और यक्ष को प्रसाद चढ़ाया।

कन्या का नाम मदनमंजरी रखा गया। कालक्रम से मदनमंजरी बड़ी हुई और उसने यौवनावस्था में पदार्पण किया।

उस समय उज्जयिनी में चण्डप्रद्योत का राज्य था। उसके दूत ने दुर्मुख के मुकुटधारी राजा हो जाने की ख़बर दी। प्रद्योत के पूछने पर दूत ने उत्तर दिया,

"महाराज! दुर्मुख को एक ऐसा मुकुट मिला है जिसे धारण करने से उसके दो मुँह दिखाई देने लगते हैं।"

यह सुनकर प्रद्योत के मन में मुकुट का लालच हो आया।

उसने अपने दूत को दुर्मुख के पास भेजकर कहलाया कि या तो वह मुकुट दे दे, नहीं तो युद्ध के लिए तैयार हो जाए।

दुर्मुख ने उत्तर दिया, "जो मैं माँगूँ, यदि उसे प्रद्योत देने को तैयार हो तो मैं अपना मुकुट दे सकता हूँ।"

दूत ने पूछा, "आप क्या चाहते हैं?"

"क्या प्रद्योत मुझे अपना नलगिरि हाथी, अग्निभीरु रथ, शिवादेवी रानी और लोहजंघ पत्रवाहक दे सकता है?" दुर्मुख ने कहा।

दूत ने उज्जयिनी लौटकर दुर्मुख ने जो कहा था, उसे प्रद्योत से निवेदन कर दिया।

प्रद्योत को बहुत क्रोध आया। वह अनेक हाथी, रथ, घोड़े और पैदल लेकर चल पड़ा और पांचाल जनपद की सीमा पर जा पहुँचा।

दुर्मुख भी अपनी चतुरंगिणी सेना लेकर नगर से निकला।

दोनों का आमना-सामना हुआ। प्रद्योत ने गरुड़-व्यूह रचा और दुर्मुख ने सागर-व्यूह की रचना की।

दोनों सेनाओं में युद्ध ठन गया। मुकुट के प्रभाव से दुर्मुख पराजित न हो सका। प्रद्योत हार गया। उसे गिरफ़्तार कर काम्पिल्य ले गये। उसके पैर में एक कड़ा डाल दिया गया।

प्रद्योत काम्पिल्य में भी आराम से रहने लगा।

एक दिन मदनमंजरी का रूप-सौन्दर्य देखकर वह मुग्ध हो उठा। बड़ी मुश्किल से उसकी रात कटी।

प्रातःकाल होने पर जब वह राजसभा में उपस्थित हुआ तो दुर्मुख ने उसे उदास देखकर उदासी का कारण पूछा। प्रद्योत ने कोई उत्तर न दिया। दुर्मुख ने सोचा कि ज़रूर कोई बात है। उसने फिर पूछा।

प्रद्योत ने उत्तर दिया, "हे नरपति! यदि कोई व्यक्ति काम से पीड़ित हो, रोग से व्याकुल हो, नशे में चूर हो, कुपित हो या उसके मरने का समय नज़दीक आ गया हो तो वह लज्जा छोड़ देता है।

इसलिए यदि आप मेरा कुशल चाहते हैं तो मदनमंजरी को मुझे दे दें, अन्यथा आग में जलकर मर जाने का मैंने प्रण कर लिया है।"

दुर्मुख ने देखा कि प्रद्योत अपने निश्चय से डिगनेवाला नहीं। उसने शुभ मुहूर्त में मदनमंजरी का उसके साथ विवाह कर दिया।

प्रद्योत मदनमंजरी के साथ उज्जयिनी लौट गया।

श्रेणिक की मृत्यु

कूणिक जब बड़ा हुआ तो उसे अपने पिता को मारकर स्वयं राज्य करने की इच्छा हुई। उसने काल आदि राजकुमारों को बुलाकर उनके साथ मन्त्रणा की और श्रेणिक को गिरफ़्तार कर बन्दीगृह में डाल दिया।

बन्दीगृह में श्रेणिक को प्रतिदिन सुबह-शाम सौ कोड़े लगाये जाते थे। रानी से उसकी मुलाक़ात नहीं हो सकती थी। उसका खान-पान भी बन्द कर दिया गया था।

कुछ समय पश्चात् जब रानी को मुलाक़ात की आज्ञा मिली तो वह अपने बालों में भोजन छिपाकर राजा के लिए ले जाने लगी।

एक बार कूणिक जब भोजन कर रहा था, उसके पुत्र ने उसकी थाली को गन्दा कर दिया। कूणिक को अपना पुत्र बहुत प्यारा था, अतएव वह खाना खाता रहा। कूणिक अपनी माँ से कहने लगा, "माँ, क्या और किसी को अपना पुत्र इतना प्यारा होगा?" कूणिक की माँ ने उत्तर दिया, "दुरात्मन्, तुझे मालूम है, जब तू छोटा था, तेरी उँगली पक गयी थी। उस समय तेरे पिता उसे चूस लेते थे, जिससे तेरी वेदना शान्त हो जाती थी। परन्तु तू इतना कृतघ्न निकला कि तूने उन्हें बन्दीगृह में डाल रखा है!"

चेलना के ये वाक्य सुनकर कूणिक को बहुत आत्म-ग्लानि हुई और वह फ़ौरन ही अपने पिता की बेड़ियाँ काटने की लिए बन्दीगृह की ओर चल दिया।

राजा श्रेणिक ने दूर से कूणिक को आते हुए देखा। उसने समझा कि यह दुष्ट मेरे प्राण लेने के लिए आ रहा है। उसने झट से विष खाकर अपना प्राणान्त कर लिया।

श्रेणिक के मरने के बाद कूणिक को राजगृह में रहना अच्छा न लगा, अतएव वह चम्पा में आकर रहने लगा।

कूणिक और चेटक का युद्ध

कूणिक के सिवाय रानी चेलना के दो और पुत्र थे। एक का नाम था हल्ल और दूसरे का विहल्ल।

श्रेणिक ने अपनी मौजूदगी में ही अपने राज्य का बँटवारा कर दिया था। इस बँटवारे के अनुसार कूणिक को समस्त राज्य दिया गया था, हल्ल को सेचनक हाथी, तथा विहल्ल को अठारह लड़ियों का क़ीमती हार।

हल्ल और विहल्ल हार पहनकर अपनी रानियों के साथ हाथी पर बैठकर उद्यान में जाते और पोखरिणी में क्रीड़ा करते थे। कूणिक की रानी पद्मावती को इससे बड़ी ईर्ष्या होती। उसने कूणिक से कहा कि जिस तरह हो, हल्ल-विहल्ल से हाथी लाकर दो। परन्तु कूणिक लाचार था, क्योंकि हाथी श्रेणिक का दिया हुआ था।

एक दिन कूणिक ने हल्ल-विहल्ल को बुलाकर उनसे सेचनक हाथी की माँग की, परन्तु उन्होंने हाथी देने से इनकार कर दिया।

जब कूणिक ने हल्ल-विहल्ल को अधिक तंग किया तो वे अपने नाना राजा चेटक के पास वैशाली चले गये। इस पर कूणिक को बहुत क्रोध आया। उसने कहा, “न मैं हल्ल और विहल्ल को जीवित छोड़ूँगा, और न सेचनक हाथी को।”

उसने चेटक के पास दूत भेजा कि यदि कुमार न आना चाहें तो न आयें, परन्तु सेचनक हाथी अवश्य लौटा दें।

चेटक ने कहलवा भेजा—“जैसे तुम मेरे नाती हो, वैसे ही हल्ल-विहल्ल भी हैं। शरणागतों की रक्षा करना क्षत्रिय का धर्म है, अतएव न मैं तुम्हें हल्ल-विहल्ल को सौंप सकता हूँ, न सेचनक हाथी ही दे सकता हूँ।”

दोनों ओर से युद्ध की तैयारियाँ होने लगीं। कूणिक ने काल आदि कुमारों को बुलवा लिया। उधर चेटक ने काशी और कोसल के गणराजाओं को युद्ध में सम्मिलित होने का आदेश दिया।

हाथी और घोड़ों पर चढ़कर तथा रथों में बैठकर सैनिक लोग युद्ध करने लगे।

कूणिक ने गरुड़-व्यूह रचा और चेटक ने शकट-व्यूह। चेटक धनुर्विद्या में बहुत कुशल था। उसने अपने बाणों द्वारा काल आदि कुमारों को स्वर्गलोक पहुँचा दिया।

कूणिक की सेना की हिम्मत टूटने लगी। यह देखकर कूणिक ने महाशिला-कण्टक तथा रथमुशल नामक संग्राम रचे। चेटक की सेना हारने लगी और गणराजा मैदान छोड़कर भाग गये।

चेटक वैशाली में जा घुसा। कूणिक ने वैशाली के चारों ओर घेरा डाल दिया। सेचनक को अंगारों के गड्ढे में ढकेल दिया गया। चेटक मर गया, और कूणिक ने वैशाली को तहस-नहस कर डाला।

कल्पक की चतुराई

पाटलिपुत्र (पटना) में कल्पक नाम का एक विद्वान् ब्राह्मण रहता था। वह बहुत सन्तोषी था और लोगों से दान-मान आदि की विशेष इच्छा न रखता था। कल्पक ब्रह्मचारी था। संन्यास लेने की उसकी बहुत इच्छा थी।

एक बार कल्पक अपने छात्रों के साथ जा रहा था। रास्ते में किसी ब्राह्मण का घर पड़ता था। उसकी कन्या रोगी होने के कारण अस्वस्थ रहती थी, इसलिए उसके साथ कोई विवाह करने को तैयार न होता था।

एक दिन कन्या के पिता ने सोचा कि कल्पक सच्चा ब्राह्मण है, इसे किसी तरह फँसाना चाहिए।

उसने अपने घर में एक कुआँ खोदा और अपनी कन्या को उसमें डाल दिया। जब कल्पक उसके घर के पास से होकर निकला तो ब्राह्मण कहने लगा, "पण्डितजी, मेरी कन्या कुएँ में गिर पड़ी है, जो इसका उद्धार करेगा, उसके साथ मैं इसका विवाह कर दूँगा।"

कल्पक ने दया करके ब्राह्मण की कन्या को कुएँ से बाहर निकाल दिया। कन्या के बाहर आने पर उसके पिता ने कल्पक से कहा, "पण्डितजी, कृपया इस कन्या को स्वीकार कीजिए, मैं संकल्प कर चुका हूँ।"

कल्पक ने लोकापवाद के भय से कन्या को ग्रहण कर लिया और दवा-दारू करके उसे नीरोग बना लिया।

कल्पक के पाण्डित्य की प्रशंसा सुनकर पाटलिपुत्र के राजा नन्द ने उसे बुलाया और अपने राज-दरबार में रहने के लिए प्रार्थना की। परन्तु कल्पक ने उत्तर दिया, "मैं किसी के आश्रित होकर नहीं रहना चाहता।"

राजा ने एक युक्ति सोची। उसने कल्पक के धोबी को बुलाकर आदेश दिया कि कल्पक जो कपड़े धुलने दे, उन्हें वह वापस न करे।

कल्पक की स्त्री ने किसी त्यौहार पर धोबी को रँगने के लिए कपड़े दिये और उससे ठीक समय पर उन्हें लौटा देने को कहा। परन्तु धोबी ने कपड़े नहीं लौटाये। कल्पक प्रतिदिन धोबी से कपड़े माँगता, मगर धोबी टाल देता।

तीन बरस बीत गये, फिर भी धोबी ने कपड़े नहीं लौटाये। कल्पक को बहुत

क्रोध आया। उसने धोबी से कहा, "याद रखना मेरा नाम कल्पक नहीं यदि मैं अपने कपड़ों को तेरे ख़ून से न रँग दूँ।"

एक दिन कल्पक छुरा लेकर धोबी के घर पहुँच गया। यह देखकर धोबी ने अपनी धोबिन से उसके कपड़े दे देने को कहा। धोबिन ने कल्पक के कपड़े लौटा दिये।

परन्तु कल्पक क्रोध से जल-भुन रहा था। उसने छुरे से धोबी को मार डाला और उसके ख़ून से कपड़े रँगकर अपनी प्रतिज्ञा पूर्ण की।

धोबिन ने कहा, "पण्डितजी, इसमें धोबी का कोई अपराध नहीं था, राजा का हम लोगों को यही आदेश था।"

यह सुनकर कल्पक बड़ा चिन्तित हुआ। उसने सोचा कि ज़रूर दाल में काला है।

वह सीधा राज-दरबार में पहुँचा। राजा ने उसका स्वागत किया। कल्पक ने सब हाल कह दिया और कहा कि अब आप जो चाहे करें।

कल्पक को मन्त्री का पद दे दिया गया।

एक बार की बात है, कल्पक के पुत्र का विवाह था। उसने सोचा—इस अवसर पर राजा और उसके अन्तःपुर को निमन्त्रित करना चाहिए। उसने राजा के लिए अनेक आभूषण आदि बनवाये और अभ्यागतों के सत्कार की तैयारियाँ करने लगा।

नन्द राजा का पहला मन्त्री कल्पक से खार खाये बैठा था, क्योंकि उसको हटाकर कल्पक की नियुक्ति की गयी थी। उसने सोचा कि कल्पक से बदला लेने का यह अच्छा अवसर है। उसने कल्पक की दासी को धन आदि देकर पहले से ही अपने वश में कर रखा था। उसके द्वारा कल्पक के घर के सब समाचार उसे मिलते रहते थे।

पहले मन्त्री को जब पता लगा कि कल्पक बहुत धूम-धाम से राजा के स्वागत की तैयारी कर रहा है तो नन्द राजा के घर जाकर उसने कहा, "राजन्, आप चाहे कुछ भी करें, परन्तु मैं आपकी नमकहरामी नहीं कर सकता। देखिए, कल्पक अपने पुत्र के राजतिलक की बड़े ज़ोरों से तैयारियाँ कर रहा है।"

राजा ने अपने गुप्तचर कल्पक के घर भेजकर मालूम किया तो उसे मन्त्री की बात सच मालूम हुई। राजा को बहुत क्रोध आया और उसने कल्पक और उसके कुटुम्ब को फ़ौरन ही कुएँ में डाल देने की आज्ञा दी।

कुएँ के अन्दर कैदियों को खाने के लिए कोदों और चावल तथा पीने को पानी दिया जाता था। परन्तु इससे सबका गुज़ारा नहीं होता था।

एक दिन कुटुम्ब के सब आदमियों ने मिलकर सोचा कि इस तरह तो हम सब मर जाएँगे, अतएव जो राजा से बदला ले सके और कुटुम्ब का उद्धार कर सके,

उसे यह भोजन करके जीवित रहना चाहिए। सबने मिलकर तय किया कि कल्पक इस काम के लिए सबसे अधिक योग्य है।

धीरे-धीरे भोजन न मिलने से कल्पक के कुटुम्ब के सब लोग मर गये।

नन्द के शत्रुओं में कल्पक का बहुत प्रभाव था। जब उसके शत्रुओं को पता लगा कि नन्द ने अपने मन्त्री को सकुटुम्ब कुएँ में डालकर मार डाला है, तो वे बड़े प्रसन्न हुए। उन्होंने मिलकर पाटलिपुत्र पर चढ़ाई कर दी। अब नन्द को कल्पक की याद आयी कि यदि वह जीवित होता तो आज यह नौबत न आती।

नन्द को पता चला कि कल्पक अपने अन्तिम दिन गिन रहा है। उसने कल्पक को फ़ौरन ही कुएँ से बाहर निकालने की आज्ञा दी। जब कल्पक बाहर आया तो उसका सारा शरीर पीला पड़ गया था। राजवैद्य उसकी चिकित्सा करने में जुट गये। शत्रुओं को जब इसका पता चला तो वे पाटलिपुत्र छोड़कर भाग गये।

कल्पक को फिर से मन्त्री का पद दे दिया गया।

चाणक्य की कूटनीति

गोल्ल देश में चणिय नाम का गाँव था। वहाँ चणिय नाम का एक ब्राह्मण रहता था। इसी के घर चाणक्य का जन्म हुआ था। चाणक्य वहीं बड़ा हुआ। उसने विद्या पढ़ी और उसका विवाह हो गया।

एक बार चाणक्य की स्त्री अपने भाई के विवाह में अपने पीहर गयी। उसकी दूसरी बहनें भी वहाँ आयी हुई थीं। वे धनी घरों में ब्याही थीं, अतएव पीहर में उनका विशेष सम्मान होता था, और दरिद्र होने के कारण चाणक्य की स्त्री को कोई पूछता न था।

भाई का विवाह हो जाने पर चाणक्य की स्त्री अपनी ससुराल लौट आयी, परन्तु वह बहुत उदास मालूम होती थी। चाणक्य के पूछने पर उसने सब हाल कह दिया।

चाणक्य ने सोचा कि किसी तरह धन का उपार्जन करना चाहिए।

उसे मालूम हुआ कि पाटलिपुत्र में नन्द राजा ब्राह्मणों को धन देता है।

वह कार्तिकी पूर्णिमा के दिन पाटलिपुत्र पहुँचा, और राज-दरबार में राजा के आसन पर बैठ गया। दासी ने उसे दूसरे आसन पर बैठने को कहा, परन्तु चाणक्य ने कोई ध्यान न दिया। दूसरे आसन पर उसने अपनी कुण्डी रख दी, तीसरे पर दण्ड, चौथे पर माला और पाँचवें पर अपना यज्ञोपवीत। राजा के कर्मचारियों ने चाणक्य की यह धृष्टता देखकर उसे बाहर निकाल दिया।

चाणक्य को बहुत बुरा लगा। उसने प्रतिज्ञा की कि यदि मैं नन्द-वंश का समूल नाश न कर दूँ तो मेरा नाम चाणक्य नहीं।

चाणक्य वहाँ से चला आया, और नन्द राजा के मयूर-पोषकों के गाँव में पहुँचा। वहाँ उसे पता लगा कि मयूर-पोषकों के सरदार की कन्या को चन्द्रपान करने का दोहद हुआ है।

चाणक्य एक परिव्राजक के वेष में सरदार के घर पहुँचा। उसने कहा कि यदि वह अपनी कन्या के पुत्र को उसे सौंप देने को तैयार हो तो वह उसकी इच्छा पूरी करा सकता है। सरदार ने चाणक्य की बात मान ली।

चाणक्य ने पूर्णिमा के दिन एक मण्डप बनवाया जिसमें एक छेद किया गया। इस छेद में से चन्द्रमा की किरणें अनेक द्रव्यों से मिश्रित दूध के थाल में गिरती

थीं। चन्द्र की किरणों से मिश्रित इस दूध का पान करके कन्या की इच्छा पूर्ण हुई।

कुछ समय बाद उसके एक पुत्र हुआ, जिसका नाम चन्द्रगुप्त रखा गया।

चन्द्रगुप्त बड़ा हो गया। एक दिन चाणक्य ने उससे कहा, "चल तुझे राजा बनाऊँ।"

चाणक्य ने बहुत-से लोगों को इकट्ठा कर पाटलिपुत्र को घेर लिया, लेकिन नन्द के सिपाहियों ने उसे वहाँ से शीघ्र ही भगा दिया। चाणक्य चन्द्रगुप्त को लेकर भागा।

दोनों को पकड़ने के लिए राजा के घुड़सवारों ने उनका पीछा किया। जब चन्द्रगुप्त दौड़ न सका तो चाणक्य ने उसे एक कमल के तालाब में छिपा दिया और स्वयं धोबी का वेश बना लिया।

इतने में वहाँ एक घुड़सवार आ पहुँचा। उसने चाणक्य से पूछा, "वह लड़का कहाँ है?" चाणक्य ने इशारे से बता दिया, "देखो, वह सामने तालाब में छिपा है।"

घुड़सवार ने उसे छिपते हुए देख लिया था। वह अपने घोड़े की लगाम चाणक्य को पकड़ाकर चन्द्रगुप्त को पकड़ने चल दिया। लेकिन घुड़सवार जब अपना कवच उतारकर तालाब में उतरने लगा तो चाणक्य ने झट तलवार से उसे मार डाला। तत्पश्चात् वह चन्द्रगुप्त को घोड़े पर चढ़ाकर भाग गया।

कुछ समय बाद चाणक्य ने पर्वतक राजा से मित्रता की, और समय पाकर पाटलिपुत्र पर चढ़ाई कर दी। दोनों सेनाओं में युद्ध हुआ और नन्द राजा हार गया। उसने धर्मद्वार के लिए प्रार्थना की। चाणक्य ने कहा, "जो कुछ वह एक रथ के ऊपर लादकर ले जा सके, ले जाए।" नन्द अपनी दोनों पत्नियों, राजकुमारी और कुछ द्रव्य लेकर रथ में सवार होकर चल पड़ा।

चन्द्रगुप्त और पर्वतक ने नन्द का राज्य आधा-आधा बाँट लिया। इसमें एक विषकन्या भी थी। चन्द्रगुप्त ने उसे राजा पर्वतक को दे दी, परन्तु इसके सम्पर्क से पर्वतक के शरीर में विष फैल जाने से वह मर गया। चन्द्रगुप्त अब दोनों राज्यों का स्वामी बन गया।

चाणक्य ने बड़ी धूमधाम से चन्द्रगुप्त को पाटलिपुत्र के राजसिंहासन पर बैठाया। चन्द्रगुप्त चाणक्य की सम्मति से राज्य करने लगा। लेकिन नन्द के वंश में अभी कुछ लोग बाक़ी थे।

संयोगवश एक दिन चाणक्य ने एक जुलाहे को मकोड़ों को जलाते हुए देखा। मालूम हुआ कि उसके लड़के को मकोड़े ने काट लिया है, और इसलिए उसने प्रतिज्ञा की है कि वह मकोड़ों का समूल नाश करके ही छोड़ेगा।

चाणक्य ने सोचा—इससे अच्छा व्यक्ति और कौन मिलेगा? चाणक्य ने उस जुलाहे की सहायता से धीरे-धीरे नन्दवंश का समूल नाश कर डाला।

अशोक का पुत्र कुणाल

चन्द्रगुप्त पाटलिपुत्र में राज्य करता था। उसका पुत्र बिन्दुसार था और बिन्दुसार का पुत्र सम्राट् अशोक। सम्राट् अशोक का पुत्र कुणाल उज्जयिनी का सूबेदार था।

कुणाल जब आठ वर्ष का हुआ तो अशोक ने उसे एक पत्र लिखा कि अब वे विद्याध्ययन आरम्भ करें (कुमार अधीयताम्)। संयोगवश जिस समय अशोक ने यह पत्र लिखा, कुणाल की सौतेली माँ भी वहीं मौजूद थी। उसने सोचा कि कुणाल से बदला लेने का यह बहुत अच्छा अवसर है। रानी ने चुपके से एक सलाई लेकर थूक की बिन्दु से 'अ' के ऊपर अनुस्वार लगाकर 'अधीयताम्' के स्थान पर 'अंधीयताम्' कर दिया।

राजा ने उस पत्र को बन्द कर उस पर मोहर लगा कुणाल के पास भेज दिया।

जब कुणाल ने पत्र खोलकर पढ़ा तो उसमें लिखा था—"कुमार अन्धे हो जाएँ (कुमार अंधीयताम्)।" पत्र पढ़कर कुणाल दुविधा में पड़ गया। उसने सोचा—'मौर्यवंश की आज्ञा का उल्लंघन करना असम्भव है।' बस उसने लोहे की तपती हुई सलाई से अपनी आँखें आँज लीं।

यह समाचार जब पाटलिपुत्र पहुँचा तो अशोक को बहुत दुःख हुआ। लेकिन अब क्या हो सकता था।

उज्जयिनी का प्रभुत्व किसी दूसरे राजकुमार को सौंप दिया गया, और कुणाल एक गाँव में जाकर अपना शेष जीवन व्यतीत करने लगा।

कुणाल गान-विद्या में निपुण था। वह अज्ञातवेश धारण कर गाता-बजाता हुआ देश-देश में घूमने लगा। घूमता-घूमता वह पाटलिपुत्र पहुँचा। उसने राजसभा में परदे के भीतर गाना गाया। कुणाल का मधुर गान सुनकर सम्राट् अशोक बड़े प्रसन्न हुए और उन्होंने गायक से वर माँगने को कहा।

गायक ने एक श्लोक द्वारा अपना परिचय देते हुए कहा कि वह सम्राट् चन्द्रगुप्त का प्रपौत्र, बिन्दुसार का पौत्र और सम्राट् अशोक का नेत्र-विहीन पुत्र कुणाल है, और वह महाराज से काकिणी (एक सिक्का) की याचना करता है।

महाराज अशोक को जब यह मालूम हुआ तो उनकी आँखों में आँसुओं का समुद्र उमड़ पड़ा। उसे यह ज़ानकर बहुत दुःख हुआ कि कुणाल को एक काकिणी मिलना भी दुर्लभ हो गया है।

राजमन्त्रियों ने बताया कि महाराज, क्षत्रिय भाषा में काकिणी के बहाने कुणाल राज्य की माँग कर रहा है। इस पर अशोक ने कुणाल से पूछा, “नेत्र-विहीन मनुष्य राज्य की बागडोर कैसे सँभाल सकेगा?” कुणाल ने उत्तर दिया, “महाराज, मेरे अभी (सम्प्रति) एक पुत्र उत्पन्न हुआ है, उसके लिए मैं राज्य की याचना करता हूँ।”

सम्प्रति राजसभा में उपस्थित किया गया। सम्राट् अशोक अपने पौत्र को देख अत्यन्त प्रसन्न हुए और उन्होंने उसे राज्य दे दिया।

शकवंश की उत्पत्ति

एक बार की बात है, ज्योतिष और निमित्तशास्त्र के वेत्ता कालक आचार्य अपनी रूपवती साध्वी भगिनी के साथ उज्जयिनी में विहार कर रहे थे। उस समय उज्जयिनी में राजा गर्दभिल्ल का राज था।

कालकाचार्य की भगिनी को देखकर राजा उस पर आसक्त हो गया, और उसने अपने कर्मचारियों को उसे अन्तःपुर में रख देने का आदेश दिया।

जब यह समाचार कालकाचार्य के पास पहुँचा तो उन्होंने गर्दभिल्ल को बहुत समझाया कि साध्वी को वापस लौटा दो, परन्तु राजा ने एक न सुनी। श्रमणसंघ के समझाने-बुझाने का भी उस पर कोई असर न हुआ।

कालकाचार्य ने गर्दभिल्ल से बदला लेने की ठान ली।

कालक विक्षिप्त होकर चौराहों, चौक और सार्वजनिक स्थानों में प्रलाप करते हुए फिरने लगे–

यदि गर्दभिल्ल राजा है तो इससे बढ़कर और क्या हो सकता है?

यदि उसका अन्तःपुर सुन्दर है तो इससे बढ़कर और क्या हो सकता है?

यदि देश सुन्दर है तो इससे बढ़कर और क्या हो सकता है?

यदि नगरी सुव्यवस्थित है तो इससे बढ़कर और क्या हो सकता है?

यदि सुवेशधारी पुरुष है तो इससे बढ़कर और क्या हो सकता है?

यदि मैं भिक्षा प्राप्त करने के लिए परिभ्रमण करता हूँ तो इससे बढ़कर और क्या हो सकता है?

यदि मैं शून्य देवगृह में रहता हूँ तो इससे बढ़कर और क्या हो सकता है?

एक दिन कालकाचार्य ईरान के लिए रवाना हो गये।

ईरान में कालक एक शाह के यहाँ रहने लगे। अपने निमित्त-ज्ञान के बल से उन्होंने शाह को वश में कर लिया।

एक बार वहाँ के शाहंशाह ने किसी कारण से गुस्सा होकर उस शाह के पास मोहर लगी हुई एक कटार भेजी, जिसका मतलब था कि अब उसकी ख़ैर नहीं।

कटार पाकर शाह को बड़ा दुःख हुआ। उसने कालकाचार्य को सूचित किया। कालक ने उत्तर दिया, "आत्मघात करने की आवश्यकता नहीं।"

शाह–"लेकिन हमारे स्वामी के रुष्ट हो जाने पर यहाँ रहना सम्भव नहीं।"

कालक—“चलो, हिन्दुस्तान चलो।”

शाह चलने के लिए तैयार हो गया।

इतने में शाह को मालूम हुआ कि अन्य पंचानबे शाहों को भी इसी प्रकार मोहर लगी हुई कटार भेजी गयी है। शाह ने उनके पास दूत द्वारा कहला भेजा कि आप लोग आत्मघात न करें, सब लोग मिलकर हिन्दुस्तान चलेंगे।

छियानबे शाह ईरान से चलकर सौराष्ट्र आये। उस समय वर्षा ऋतु आरम्भ हो गयी थी, अतएव सबने वहीं ठहरने का निश्चय किया। सौराष्ट्र को छियानबे मण्डलों में विभक्त किया गया, और छियानबे शाह वहाँ रहने लगे। जिस शाह के पास कालकाचार्य जाकर रहे थे, उसे राजाधिराज बना दिया गया। इसी से शकवंश की उत्पत्ति हुई।

वर्षा ऋतु समाप्त होने पर शाहों ने गर्दभिल्ल पर चढ़ाई कर दी। उधर से गर्दभिल्ल द्वारा अपमानित किये गये लाट देश के राजा भी चढ़ आये।

गर्दभिल्ल के पास गर्दभी रूपधारी एक विद्या थी। उसका शत्रु की ओर मुँह करके उसे एक अट्टालिका पर खड़ा किया जाता था। चार दिन उपवास करने के बाद गर्दभिल्ल उसे नीचे उतारता था। वह गर्दभी अत्यन्त भयंकर शब्द करती थी, जिसे सुनकर मनुष्य आदि प्राणी रुधिर वमन करके भय से विह्वल हो, अचेत होकर गिर पड़ते थे।

जब कालकाचार्य को पता लगा कि गर्दभिल्ल ने चार दिन का उपवास किया है तो उसने आठ सौ शब्दभेदी योद्धाओं को बुलाकर उन्हें आदेश दिया—“इस गर्दभी के मुँह में से शब्द निकलने के पहले ही उसके मुँह में एक साथ तीर मारो।”

ऐसा करने पर गर्दभी में स्थित व्यन्तरी राजा गर्दभिल्ल को लातों से मार-पीटकर उसका अपमान करके चली गयी।

गर्दभिल्ल हार गया। उज्जयिनी का ताज शाहों के सिर पर रखा गया।

कालक ने अपनी भगिनी का उद्धार कर उसे पुनः संयम में दीक्षित किया।

राजा शालिवाहन का मन्त्री

भृगुकच्छ (भड़ौंच) में नभोवाहन नाम का राजा राज्य करता था। उसके पास बहुत धन था। इधर प्रतिष्ठान का राजा शालिवाहन अपने सैन्यबल में बहुत बढ़ा-चढ़ा था।

नभोवाहन और शालिवाहन दोनों एक-दूसरे के शत्रु थे। शालिवाहन हर साल नभोवाहन पर चढ़ाई करता, परन्तु नभोवाहन अपने सैनिकों को ख़ूब धन लुटाता और जो योद्धा शत्रु-सैनिकों के सिर काटकर लाते, उन्हें विशेष रूप से सम्मानित करता। फल यह होता कि शालिवाहन की सेना मैदान छोड़कर भाग जाती।

एक दिन शालिवाहन के मन्त्री ने अपने राजा से कहा, "राजन्, इस तरह तो शत्रु को जीतना असम्भव है। आप एक काम करें कि मुझ पर कोई दोष लगाकर मुझे देश-निकाला दे दें।"

कुछ समय बाद कोई षड्यन्त्र रचकर मन्त्री को निर्वासित कर दिया गया।

मन्त्री भृगुकच्छ के लिए रवाना हो गया, और नगर के बाहर एक मन्दिर में ठहर गया। सब जगह यह बात फैल गयी कि शालिवाहन ने अपने मन्त्री को निकाल दिया है।

यह ख़बर सुनकर नभोवाहन ने अपने कर्मचारियों को भेजकर मन्त्री को बुलवाया और उसे अपना मन्त्री बना लिया।

मन्त्री ने धीरे-धीरे राजकुल में अपना विश्वास पैदा कर दिया। उसने राजकोष का द्रव्य स्तूप, तालाब, बावड़ी आदि बनवाने में ख़र्च करा दिया। फिर एक गुप्त पत्र लिखकर राजा शालिवाहन को ख़बर दी कि शत्रु पर चढ़ाई कर दें।

ख़बर पाते ही शालिवाहन ने भृगुकच्छ को चारों ओर से घेर लिया। परन्तु नभोवाहन के पास अभी काफ़ी धन था। उसने अपने सैनिकों को ख़ूब धन लुटाया जिससे शालिवाहन को हारकर लौट जाना पड़ा।

लेकिन मन्त्री निराश नहीं हुआ। उसने अब अधिक मात्रा में राजकोष का द्रव्य ख़र्च करना शुरू कर दिया। इस बार उसने रानियों के लिए बहुत-से आभूषण बनवा दिये।

मन्त्री ने शालिवाहन को पत्र द्वारा फिर ख़बर दी। शालिवाहन इस बार बड़ी तैयारी के साथ आया। राजा का कोष ख़ाली हो चुका था। अब की बार उसकी सेना हार गयी, और भृगुकच्छ के राज्य पर शालिवाहन का अधिकार हो गया।

विक्रमराज मूलदेव

पाटलिपुत्र में मूलदेव नाम का एक राजकुमार रहता था। वह अनेक कलाओं में कुशल, गुणग्राही, प्रियभाषी तथा बहुत रूपवान था। लेकिन जुआ खेलने का मूलदेव को व्यसन था।

एक बार वह घूमता-घूमता उज्जयिनी में आया, और उसने अपने संगीत द्वारा समस्त नगरवासियों का मन मोह लिया।

उज्जयिनी में देवदत्ता नाम की एक अत्यन्त रूपवती गणिका रहती थी। मूलदेव का मधुर संगीत सुनकर उसे मूलदेव से मिलने की तीव्र इच्छा हुई। उसने अपनी दासी को उसे बुलाने भेजा। परन्तु मूलदेव ने गणिकाओं की बहुत निन्दा की, और जाने से इनकार कर दिया।

दासी बड़ी कुशल थी। वह तरक़ीब लड़ाकर किसी तरह राजकुमार को अपनी स्वामिनी के पास लिवा लायी।

देवदत्ता ने मूलदेव का स्वागत किया। उसकी वीणा बजाने, उबटन लगाने आदि की कलाओं में कुशलता देख देवदत्ता अवाक् रह गयी। उसने मूलदेव से प्रतिदिन दर्शन देने की प्रार्थना की।

धीरे-धीरे दोनों में प्रीति बढ़ने लगी।

देवदत्ता मूलदेव से बहुत प्रेम करती थी, परन्तु उसे उसका जुआ खेलना अच्छा न लगता था। उसने मूलदेव को बहुत समझाया, परन्तु वह न माना।

अचल नाम का व्यापारी देवदत्ता का एक दूसरा प्रेमी था। वह देवदत्ता को मुँहमाँगे वस्त्र-आभूषण आदि दिया करता था। जब उसे ज्ञात हुआ कि देवदत्ता मूलदेव से प्रेम करने लगी है तो वह मूलदेव से ईर्ष्या करने लगा और उसे नीचा दिखाने का अवसर ढूँढ़ने लगा।

मूलदेव ताड़ गया, और अब वह अवसर देखकर ही अपनी प्रेमिका के घर जाने लगा।

देवदत्ता की माँ ने अपनी बेटी से कहा, "बेटी, मूलदेव को छोड़ दे। ऐसे कंगाल से प्रेम करने से क्या लाभ? अचल को देख, तुझे कितना चाहता है, और तेरे लिए कितना सामान भेजता है!"

परन्तु देवदत्ता नहीं मानी। उसने कहा, "माँ, मैं धन की लालची नहीं हूँ। मैं गुणों की क़द्र भी करती हूँ।"

माँ ने अनेक दृष्टान्तों द्वारा देवदत्ता को समझाया, परन्तु मूलदेव को छोड़ने को वह तैयार न हुई।

एक दिन देवदत्ता की माँ ने अचल को बुलाकर कहा, "तुम कोई बहाना बनाकर यहाँ से चले जाओ। तुम्हारे पीछे जब मूलदेव इस घर में प्रवेश करे तो उसका ख़ूब अपमान करो। फिर वह यहाँ आने का नाम न लेगा।"

अचल ने ऐसा ही किया। उसने झूठ-मूठ देवदत्ता से कह दिया कि वह किसी काम से बाहर जा रहा है।

मूलदेव बेखटके देवदत्ता से मिलने आया। परन्तु कुछ ही देर बाद देवदत्ता की माँ ने आकर ख़बर दी कि बहुत-सा सामान लेकर अचल आया है।

देवदत्ता ने मूलदेव से पलँग के नीचे छिप जाने को कहा।

अचल ने उसे छिपते हुए देख लिया, परन्तु वह कुछ बोला नहीं।

देवदत्ता से उसने कहा, "प्रिये, स्नान की सामग्री तैयार कराओ।" देवदत्ता ने उत्तर दिया, "बहुत अच्छा, तुम कपड़े निकालो, जिससे मैं तुम्हारे शरीर पर उबटन लगाऊँ।" अचल ने कहा, "प्रिये, आज मैंने स्वप्न में कपड़े पहने-पहने उबटन लगवाकर इसी पलँग पर बैठकर स्नान किया है—मेरे इस स्वप्न को सार्थक करो।" देवदत्ता ने उत्तर दिया, "परन्तु ये क़ीमती गद्दे-तकिये सब पानी में ख़राब हो जाएँगे।" अचल ने कहा, "देवि, मेरे रहते हुए तुम्हें गद्दे-तकियों की क्या चिन्ता है? मैं इनसे भी बढ़कर तुम्हें बनवा दूँगा।"

देवदत्ता की माँ ने अचल की बात का समर्थन किया।

देवदत्ता और अचल ने पलँग पर बैठे-बैठे उबटन लगाकर गरम-गरम पानी से स्नान किया। स्नान का सब पानी मूलदेव के शरीर पर गिरा।

इतने में शस्त्रधारी पुरुष घर में घुस आये, और इशारा पाकर उन्होंने पलँग के नीचे छिपे हुए मूलदेव के बाल पकड़कर कहा, "दुष्ट, बता अब तेरा कौन है?"

मूलदेव ने सोचा, इस समय पौरुष दिखाना व्यर्थ है। उसने कहा, "आप जो चाहे करें।"

अचल को मूलदेव के ऊपर दया आ गयी। उसने उसे छुड़वा दिया।

मूलदेव कड़वी घूँट पीकर रह गया। वह उज्जयिनी छोड़कर चल दिया।

वह वेन्यातट पहुँचा। संयोगवश नगर का राजा मर गया था, और उसके कोई पुत्र नहीं था। नियमानुसार पाँच दिव्य पदार्थ नगर में घुमाये गये, जो घूमते-घूमते मूलदेव के पास आकर ठहर गये। मूलदेव को देखकर हाथी ने चिंघाड़ मारी, घोड़ा हिनहिनाने लगा, घट अभिषेक करने लगा, चामर डुलने लगे तथा कमल मस्तक पर

जाकर विराजमान हो गया। लोगों ने जय-जयकार किया और मूलदेव को हाथी पर चढ़ाकर वे नगरी में ले गये।

मन्त्री तथा सामन्त राजाओं ने मूलदेव का अभिषेक किया और उसे विक्रम नाम का राजा बना दिया।

इधर अचल का मूलदेव के प्रति वह बरताव देखकर देवदत्ता को बड़ी ग्लानि हुई और उसने अचल को घर से निकाल बाहर किया।

देवदत्ता ने राजा से जाकर निवेदन किया, "राजन् मैं चाहती हूँ कि मूलदेव को छोड़कर मेरे घर अन्य कोई न आ सके तथा अचल का मेरे घर में प्रवेश रोक दिया जाए।"

राजा को जब सब बात मालूम हुई तो उसे अचल के ऊपर बहुत क्रोध आया। उसने उसे प्राणदण्ड की आज्ञा दी, परन्तु देवदत्ता ने अचल के ऊपर दया करके उसे छुड़वा दिया।

अचल उज्जयिनी छोड़कर चल दिया और वह बहुत-सा माल लादकर ईरान के लिए रवाना हुआ।

मूलदेव ने उज्जयिनी के राजा विचारधवल के साथ सम्बन्ध स्थापित कर लिया, और कुछ समय बाद देवदत्ता को वहीं बुलवा लिया। नगरवासियों ने देवदत्ता का शानदार स्वागत किया। वह मूलदेव की रानी बनकर रहने लगी।

कुछ समय बाद ईरान में बहुत-सा धन कमाकर अचल वेन्यातट आकर उतरा। सोने, चाँदी, मोती आदि की थाल लेकर उसने विक्रमराज के दर्शन किये।

अचल के माल की जाँच-पड़ताल करने के लिए नगर के पंच आये। राजकर से छुटकारा पाने के लिए अचल ने शंख, सुपारी, चन्दन, अगरु, मंजीठ आदि साधारण माल तो पंचों को दिखला दिया, परन्तु सोना, चाँदी, मणि, मोती, मूँगा आदि को छिपा लिया। स्वयं राजा भी माल की पड़ताल करने आया था। उसने अचल के गुप्त धन को भाँप लिया, और उसे फ़ौरन गिरफ़्तार करने को कहा।

बाद में राजा ने दया करके उसे छोड़ दिया, और उसे विदा कर दिया।

धार्मिक कहानियाँ

धूर्तराज मूलदेव और उसके साथी

अवन्ती जनपद में उज्जयिनी नाम की नगरी थी। उसके उत्तर में जीर्ण उद्यान नाम का एक बगीचा था। बहुत-से धूर्त मिलकर वहाँ गप-शप लगाते थे।

इनमें शश, एलाषाढ़, मूलदेव और खण्डपाणा नाम के चार धूर्त मुख्य थे। उनके साथ और भी बहुत-से धूर्त थे।

एक दिन की बात है, वर्षा ऋतु में आकाश में सात दिन तक बादल छाये रहे। सबको भूख लगी थी। प्रश्न था कि भोजन कौन खिलाये?

मूलदेव ने कहा, हर कोई अपनी अनुभव की हुई अथवा सुनी हुई घटना सुनाये और जो उस पर विश्वास न करे, वही भोजन की व्यवस्था करे। और जो महाभारत, रामायण और श्रुति के आधार से उस पर विश्वास करे, वह कुछ न दे।

मूलदेव के इस प्रस्ताव का सबने समर्थन किया।

सबसे पहले एलाषाढ़ ने अपनी कहानी शुरू की—

"एक बार गायों को लेकर मैं किसी जंगल में गया। मैंने देखा कि उधर से चोर आ रहे हैं। मैंने अपना कम्बल बिछाकर उसमें गायों को लपेट लिया और गट्ठर बाँध गाँव में आ गया। वहाँ मैंने ग्वालों को खेलते हुए देखा। उन्हें मैंने अपने साथ ले लिया। वे गायों को देखने लगे।

थोड़ी देर में शोर करते हुए वहाँ चोर आ घुसे। चोरों को देखकर गाँव के लोग तथा सब जानवर एक फूट (ककड़ी) के अन्दर घुस गये। उस फूट को एक बकरी खा गयी। बकरी जब खा रही थी तो उसे एक अजगर निगल गया। अजगर को एक बगुला खा गया।

बगुला उड़कर वट वृक्ष के ऊपर जा बैठा। उसका एक पाँव नीचे की ओर लटक रहा था।

वट वृक्ष के नीचे राजा की सेना ने पड़ाव डाल रखा था। सेना का एक हाथी बगुले के पैर में अटक गया।

बगुले ने उड़ने का प्रयत्न किया। वह आकाश में उड़ गया। यह देखकर महावत शोर मचाने लगे।

उस समय वहाँ हाथ में धनुष-बाण लिये, शब्द सुनकर निशाना मारनेवाले

योद्धा आ पहुँचे। उन्होंने एक साथ बगुले पर तीर चलाना प्रारम्भ किया जिससे बगुले के प्राणों का अन्त हो गया।

राजा ने उसका पेट चीरकर देखा तो उसमें से अजगर निकला। अजगर के पेट में से बकरी निकली और बकरी के पेट में से फूट निकली।

फिर, टिड्डी-दल की भाँति उस ककड़ी में से गाँव का गाँव निकल पड़ा।

मैं गायों को लेकर गाँव से चला गया। सब लोग अपने-अपने स्थान को लौट आये।

गायों को छोड़कर अब मैं यहाँ आया हूँ।

आप लोग कहिए कि क्या यह कहानी सच्ची है?

धूर्तों ने उत्तर दिया—हाँ, बिलकुल सच्ची है।

एलाषाढ़—लेकिन इतनी गायें एक कम्बल में और सारा गाँव एक फूट में कैसे समा गया?

सब धूर्त—महाभारत में कहा है—"आरम्भ में यह संसार एक समुद्र था। समुद्र के जल में एक अण्डा था। इस अण्डे में पहाड़, वन और जंगलों के रूप में यह संसार समाया हुआ था।"

तो फिर तुम्हारी कम्बली में गायें और फूट में गाँव के लोग नहीं समा सकते?

और तुमने जो कहा कि बगुले के पेट में अजगर, अजगर के पेट में बकरी और बकरी के पेट में फूट थी—इसका उत्तर है कि सुर, असुर, नरक, पहाड़, वन और जंगलों से परिपूर्ण यह सारा संसार भगवान कृष्ण के उदर में समाया हुआ है। वे स्वयं देवकी के उदर में और देवकी शय्या में समायी हुई हैं।

यदि ये सब बातें सच्ची हैं तो फिर तुम्हारी बात कैसे झूठी हो सकती है?

तत्पश्चात् शश ने अपनी कहानी सुनायी—

"हम लोग किसी गाँव के मुखिया के पुत्र थे। एक बार की बात है, खेती करने के लिए मैं शरद् ऋतु में अपने खेत में पहुँचा। उस खेत में तिल के झाड़ लगे थे। वे इतने बड़े हो गये कि उन्हें कुल्हाड़ी से काटना पड़ा। जब मैं उन झाड़ों के चारों ओर चक्कर काट रहा था तो मुझे एक जंगली हाथी दिखाई दिया। उसने उठाकर मुझे फेंक दिया। मैं उठकर भागा। सामने मुझे तिल का झाड़ दिखाई दिया, और मैं उस पर चढ़ गया।

हाथी भी वहाँ आ पहुँचा। मुझे वहाँ न देख वह कुम्हार के चाक की भाँति उस तिल के झाड़ के चारों ओर चक्कर काटने लगा। तिल के झाड़ को वह हिलाने लगा, जिससे बादलों से जल की भाँति झाड़ पर से तिलों की वर्षा होने लगी।

हाथी वहीं चक्कर लगाता रहा। इससे घाणी में पेरे हुए तिलों की भाँति तिलों

में से तेल निकलने लगा और तेल की एक नदी बहने लगी। हाथी तेल के कीचड़ में गिर पड़ा और मर गया।

मैंने उसकी खाल की एक मशक बनायी और उसे तेल से भर लिया।

मुझे भूख लगी थी। मैं खली खाने लगा। खाने के बाद प्यास लगने पर मैं दस घड़े तेल पी गया।

तेल की मशक लेकर मैं गाँव में आया। उसे गाँव के बाहर वृक्ष की शाखा पर टाँग, मैं अपने घर पहुँचा। मैंने अपने लड़के को मशक लाने भेजा। जब उसे मशक दिखाई न दी तो वह उस समूचे वृक्ष को ही उखाड़ लाया। मैं भी घर से चल पड़ा और अब घूमते-घूमते यहाँ आया हूँ।"

आप लोगों को मैंने अपना अनुभव सुनाया है। अब जिसे इसका विश्वास न हो वह भोजन की व्यवस्था करे।

शश के साथी कहने लगे, इस बात का महाभारत और रामायण में उल्लेख मिलता है। श्रुतियों में कहा है–

पर्वतों के तट से भ्रष्ट हुए हाथियों के मद-बिन्दुओं से हाथी, घोड़े और रथ को बहाकर ले जानेवाली भयंकर नदी बह निकली।

तिल के झाड़ के सम्बन्ध में जो कहा है, तो यदि पाटलिपुत्र में उड़द के पौधे पर भेरी ठहर सकती है तो तिल का झाड़ इतना बड़ा क्यों नहीं हो सकता?

इसके पश्चात् मूलदेव ने अपनी कहानी आरम्भ की–

"एक बार, सुख की अभिलाषा से गंगा को सिर पर धारण करने की इच्छा करता हुआ, छत्र और कमण्डल हाथ में लेकर मैं अपने स्वामी के घर पहुँचा। वहाँ मैंने देखा कि जंगल का एक हाथी मुझे मारने चला आ रहा है। उसे देखकर मैं बहुत डर गया। मुझे ऐसा लगा कि मेरी रक्षा करनेवाला कोई नहीं है और ऐसा कोई नहीं जिसकी शरण में मैं जा सकूँ। जब मैंने छिपने का कोई स्थान न देखा तो कमण्डल की टोंटी में से होकर मैं कमण्डल में जा छिपा। हाथी भी मुझे मारने के लिए मेरे पीछे-पीछे उसी रास्ते से कमण्डल में आ घुसा। कमण्डल के अन्दर वह मुझे छह महीने तक परेशान करता रहा। इसके बाद मैं कमण्डल से बाहर निकल आया। हाथी भी उसी रास्ते से बाहर निकला, लेकिन बाहर निकलते समय उसकी पूँछ टोंटी में अटकी रह गयी।

मैंने सामने देखा कि अपार गंगा बह रही है। गोपद के समान मैंने उसे पार कर लिया।

तत्पश्चात् मैं अपने स्वामी के घर पहुँचा। वहाँ भूख और प्यास की परवाह न कर मैं गंगा को छह महीने तक सिर पर धारण किये रहा।

उसके बाद कार्तिकेय को प्रणाम करने मैं आगे बढ़ा, वहाँ से उज्जयिनी आया और अब आप लोगों के सामने हूँ।"

यदि यह घटना सत्य है तो शास्त्रों के प्रमाण देकर आप लोग इसे सिद्ध करें, नहीं तो सबके लिए भोजन की व्यवस्था करें।

धूर्तों ने कहा, यह घटना सच्ची है।

मूलदेव–कैसे?

धूर्त–सुनिए,

पूर्वकाल में ब्रह्मा के मुँह से ब्राह्मण, भुजाओं से क्षत्रिय, जंघाओं से वैश्य और पैरों से शूद्रों की उत्पत्ति हुई मानी गयी है।

ऐसी हालत में जब इतने लोग ब्रह्मा के उदर में समा सकते हैं तो फिर तुम और हाथी कमण्डल में कैसे नहीं समा सकते?

हाथी की पूँछ के कमण्डल की टोंटी में अटक जाने की जो बात है तो उसका जवाब भी सुन लो–

विष्णु भगवान जगत के कर्ता हैं। समुद्र के जल में शयन करते हुए वे तप करते हैं। ब्रह्मा उनके नाभिपद्म से बाहर निकल आये, लेकिन कमल की डण्डी में अटके रह गये।

इसी प्रकार तुम्हारे और हाथी के बाहर निकल आने पर यदि हाथी की पूँछ अटकी रह गयी तो कौन आश्चर्य की बात है?

तुम्हारे गंगा पार करने की बात का उत्तर इस प्रकार है–

राम ने सीता के समाचार पाने के लिए सुग्रीव को बुलाया। सुग्रीव ने हनुमान को बुलाया। हनुमान भुजाओं से समुद्र पार करके लंका में पहुँचे। वहाँ उन्होंने सीता के दर्शन किये। जब हनुमान लौटकर आये तो राम ने पूछा, तुमने समुद्र कैसे पार कर लिया? हनुमान ने उत्तर दिया, आप-जैसे प्रभु की कृपा से।

इसलिए जब हनुमान ने अपनी भुजाओं से तैरकर समुद्र को पार कर लिया तो फिर तुम्हारे गंगा पार करने में क्या आपत्ति हो सकती है?

छह महीने तक गंगा को धारण किये रहने की बात का उत्तर भी कोई मुश्किल नहीं।

देवों ने मिलकर लोकहित के लिए गंगा से प्रार्थना की कि तुम मर्त्यलोक में चलो।

गंगा ने प्रश्न किया, लेकिन जब मैं ऊपर से गिरूँगी तो मुझे धारण कौन करेगा?

पशुपति ने उत्तर दिया, मैं तुम्हें अपनी जटाओं में धारण करूँगा। पशुपति हज़ार वर्ष तक गंगा को धारण किये रहे।

इसलिए जब पशुपति इतने समय तक गंगा को धारण कर सकते हैं तो तुम्हारे छह महीने तक धारण किये रहने में कौन-सी बात है?

इसके पश्चात् खण्डपाणा ने अपनी कहानी सुनायी। वह कहने लगी, यदि तुम

लोग अपने माथे पर अंजलि रखकर मेरे सामने माथा टेको तो मैं तुम सबको भोजन खिलाऊँगी।

धूर्तों ने कहा, अरी धूर्तिन! हमने दुनिया देखी है, फिर हम तेरे सामने दीन-वचन क्यों कहें?

तत्पश्चात् कुछ मुसकराकर खण्डपाणा ने अपनी कहानी आरम्भ की–

"मैं किसी राजा के धोबी की कन्या थी। एक बार की बात है, अपने पिताजी के साथ कपड़ों का छकड़ा भरकर, एक हज़ार पुरुषों के साथ, मैं नदी-किनारे कपड़े धोने गयी। कपड़े धुल जाने पर मैंने उन्हें धूप में सुखा दिया। इतने में ज़ोर की आँधी आयी और सब कपड़ों को उड़ाकर ले गयी।

यह देखकर राजा के डर से एक गोह बनकर मैं रात के समय नगर के एक बगीचे में चली गयी। वहाँ जाकर मैं आम की लता बन गयी।

एक दिन मैंने सुना–"धोबी जहाँ कहीं चले गये हों, वहाँ से लौट आयें। उन्हें डरने की ज़रूरत नहीं"–यह घोषणा सुनकर मैंने फिर से नया शरीर धारण किया।

उस छकड़े की रस्सियाँ गीदड़ और कुत्ते खा गये थे। ढूँढ़ते-ढूँढ़ते मेरे पिताजी को किसी भैंसे की पूँछ मिली जिस पर रस्सियाँ लिपटी हुई थीं।"

अब आप लोग कहिए कि यह बात सच्ची है?

धूर्तों ने उत्तर दिया, ऊपर-नीचे भागते-दौड़ते हुए भी जब ब्रह्मा और विष्णु द्वारा शिवलिंग का पता न लग सका तो तुम्हारी बात कैसे असत्य हो सकती है?

रामायण में भी कहा है–

'हनुमान जी की पूँछ बहुत बड़ी थी। हनुमान जी ने उस पर हज़ारों वस्त्र लपेटकर और हज़ारों तेल के घड़ों से उसे भिगोकर उसमें आग लगा दी, जिससे लंका नगरी जल उठी।'

जब यह बात ठीक हो सकती है तो फिर भैंस की पूँछ के रस्सी बन जाने में क्या सन्देह हो सकता है?

एक दूसरी भी श्रुति है–

गन्धार का कोई राजा किसी जंगल में कुरुबक वृक्ष बन गया। किमश्व नाम का एक दूसरा महापराक्रमी राजा था, जिसने देवराज इन्द्र को युद्ध में पराजित किया था। इन्द्र के शाप से यह राजा अजगर बन गया था।

एक दिन की बात है, राज्य से भ्रष्ट हुए पाण्डव उस जंगल में आये। एक दिन भीम अकेले ही घूमने निकल पड़े। उन्हें अजगर ने डस लिया।

धर्मराज युधिष्ठिर भी अजगर के पास पहुँचे। अजगर ने मनुष्य की वाणी में धर्मराज से सात प्रश्न पूछे। उन्होंने प्रश्नों का उत्तर दे दिया।

अजगर ने भीम को उगल दिया। किमश्व के शाप का अन्त हुआ और वह फिर से राजा बन गया।

यदि यह बात सच्ची हो सकती है तो गोह बनकर फिर से नये शरीर धारण करने में कोई अत्युक्ति नहीं।

खण्डपाणा बोली, फिर भी तुम लोगों को मुझे प्रणाम करना चाहिए। यदि तुम लोगों को मैं अपनी बुद्धि से पराजित कर दूँ तो एक कानी कौड़ी के लिए भी तुम्हें कोई न पूछेगा।

धूर्तों ने उत्तर दिया, किसकी हिम्मत है जो हमें पराजित कर सके?

खण्डपाणा ने हँसकर कहा, "जो कपड़े हवा में उड़ गये थे, राजा की आज्ञा से हम उन्हें ढूँढ़ने निकले। मेरे सब नौकर-चाकर भाग गये। मैं उनकी खोज में निकली हूँ। अनेक गाँव और नगरों में उन्हें ढूँढ़ती हुई यहाँ आयी हूँ।"

तुम लोग मेरे नौकर हो, और तुम लोगों ने मेरे ही वस्त्र पहन रखे हैं।

यदि यह सत्य है तो तुम लोग मेरे वस्त्र लौटा दो, नहीं तो भोजन की व्यवस्था करो।

यह सुनकर सब धूर्त अत्यन्त लज्जित हुए। दोनों प्रकार से खण्डपाणा को उत्तर देने में उन्होंने अपने-आपको असमर्थ पाया।

बड़े दीन-भाव से वे कहने लगे, "हे खण्डपाणा, इस संसार में तुझसे बढ़कर और कोई बुद्धिमान नहीं। तूने हमारे-जैसे महापण्डित धूर्तों को भी पराजित कर दिया। हम सात दिन से भूखे हैं, अब तू ही कृपा करके सबके भोजन की व्यवस्था कर।"

खण्डपाणा ने सबको भोजन खिलाकर यश प्राप्त किया।

यक्ष या लकड़ी का ठूँठ?

राजगृह नगर में अर्जुनक नाम का एक माली रहता था। उसकी स्त्री का नाम बन्धुमती था। नगर के बाहर अर्जुनक का फूलों का एक बगीचा था जिसमें भाँति-भाँति के पँचरंगे फूल खिलते थे। इस बगीचे के पास मुद्गरपाणि नामक यक्ष का एक प्राचीन मन्दिर था, जिसमें हाथ में लोहे की मुद्गर लिये हुए यक्ष की एक सुन्दर प्रतिमा थी।

अर्जुनक बचपन से मुद्गरपाणि का भक्त था। वह प्रतिदिन अपनी फूलों की टोकरियाँ लेकर बगीचे में जाता और फूल चुनता। इन फूलों में जो फूल सबसे सुन्दर होते, उन्हें वह यक्ष को चढ़ाता, यक्ष की पूजा-भक्ति करता और तत्पश्चात् राजमार्ग पर फूल बेचकर अपनी आजीविका चलाता।

एक बार राजगृह में कोई उत्सव था। अर्जुनक ने सोचा कि इस अवसर पर फूलों की अच्छी बिक्री होगी। वह सुबह-सुबह उठा और अपनी स्त्री को साथ लेकर बगीचे में पहुँचा। दोनों ने फूलों से अपनी टोकरियाँ भर लीं और रोज़ की तरह फूलों से यक्ष की पूजा करने चल दिये।

राजगृह में ललिता नाम की गुण्डों की एक जबरदस्त टोली थी। यह टोली अपना मनमाना काम करती, वेश्याघरों में रहती, भाँति-भाँति के कुकर्म करती और राजा तक को उसकी बात माननी पड़ती थी।

इस टोली के छह गुण्डों ने दूर से देखा कि माली अपनी औरत के साथ यक्ष-मन्दिर में जा रहा है। ये लोग चुपचाप मन्दिर के किवाड़ों के पीछे छिप गये, और जब माली और उसकी औरत यक्ष की पूजा कर रहे थे, चुपके से किवाड़ों के पीछे से निकले और माली को रस्सी से बाँध, उसकी स्त्री के साथ उन्होंने अपनी भोग-लिप्सा शान्त की।

अर्जुनक बन्धन में जकड़ा पड़ा था। वह सोचने लगा, "मैं बचपन से यक्ष की पूजा करता आया हूँ। यदि इस यक्ष में कुछ पौरुष होता तो उसे चमत्कार बताना चाहिए था, परन्तु यक्ष तो सर्वथा मौन है। मुझे तो यह लकड़ी का ठूँठ मालूम देता है।"

यक्ष माली के मनोगत भावों को भाँप गया और उसने शीघ्रता से माली के शरीर में प्रविष्ट होकर उसके बन्धनों को खोल दिया। उसके बाद यक्ष-प्रविष्ट माली

हाथ में मुद्गर लेकर चला। सबसे पहले उसने टोली के छह गुण्डों और स्त्री को ख़त्म कर डाला। तत्पश्चात् वह नगर के नर-नारियों को मारता हुआ राजगृह की सड़कों पर घूमने लगा।

नगर-भर में यह बात फैल गयी कि अर्जुनक को यक्ष चढ़ा है, और वह लोगों को मारता हुआ इधर-उधर फिर रहा है। राजा श्रेणिक के पास जब यह समाचार पहुँचा तो उसने नगर में डोंडी पिटवा दी कि अर्जुनक लोगों को बहुत सता रहा है, अतएव कोई भी आदमी लकड़ी, घास, पानी, फल, फूल आदि लेने के लिए नगरी के बाहर न जाए।

उस समय राजगृह में श्रमण भगवान महावीर का समवसरण आया हुआ था। श्रमणोपासक सुदर्शन सेठ को जब यह मालूम हुआ तो उसने अपने माता-पिता से उनके दर्शनार्थ जाने की अनुमति माँगी। परन्तु उन्होंने मना कर दिया कि यह समय बाहर जाने का नहीं है। सुदर्शन न माना और शुद्ध वस्त्र धारण कर वह महावीर की वन्दना के लिए चल दिया।

रास्ते में अर्जुनक ने देखा कि सुदर्शन उसके पास से होकर जा रहा है। वह अपनी मुद्गर उठाकर उसे मारने दौड़ा। परन्तु सुदर्शन ध्यान में लीन हो गया और अपने आसन से न डिगा।

अर्जुनक ने सुदर्शन पर मुद्गर चलायी, परन्तु उसका असर न हुआ। इतने में यक्ष माली के शरीर को छोड़कर चल दिया। सुदर्शन का ध्यान टूटा तो उसने देखा कि अर्जुनक सामने खड़ा है।

सुदर्शन सेठ और अर्जुनक माली दोनों ने श्रमण भगवान महावीर के पास दीक्षा ले ली।

शम्ब की कील

कृष्ण और जाम्बवती का प्रिय पुत्र शम्ब बहुत नटखट था।

एक दिन जाम्बवती ने कृष्ण से कहा, "प्रियतम, बहुत दिनों से शम्ब की कोई करतूत नहीं देखी।"

कृष्ण ने उत्तर दिया, "मैं दिखाऊँगा।"

कृष्ण और जाम्बवती ग्वाला और ग्वालिन का रूप बना, दही की मटकी ले, द्वारका में दही बेचने निकले।

शम्ब ने देखा कि एक ग्वालिन दही बेच रही है। उसने पूछा, "क्या बेचती हो?"

ग्वालिन—दही।

शम्ब—आओ, मुझे दही लेना है।

ग्वालिन शम्ब के पीछे-पीछे चल दी।

कुछ दूर चलने पर एक मन्दिर आया। शम्ब उसमें घुस गया। उसने ग्वालिन को भी अन्दर आने को कहा। परन्तु ग्वालिन ने अन्दर जाने से इनकार कर दिया और कहा कि पहले पैसा लाओ।

शम्ब—तू पहले अन्दर आ, फिर पैसा दूँगा।

ग्वालिन—बाहर से दही लेना हो तो लो, अन्दर न आऊँगी।

शम्ब—अन्दर आना पड़ेगा।

यह कहकर वह ग्वालिन का हाथ पकड़कर अन्दर ले जाना ही चाहता था कि इतने में ग्वाला कूदकर आया, और ग्वालिन का हाथ पकड़कर शम्ब से बोला, "ख़बरदार, इसे हाथ लगाया तो।"

शम्ब और ग्वाले में लड़ाई छिड़ गयी।

ग्वाला और ग्वालिन ने जब अपना असली रूप प्रकट किया तो शम्ब लज्जित हो, अँगूठा दिखाकर वहाँ से भाग गया।

शम्ब सारे दिन शर्म के मारे बाहर नहीं निकला।

दूसरे दिन बाहर आकर वह एक कील गढ़ने लगा। कृष्ण ने पूछा, "शम्ब, क्या बना रहे हो?" शम्ब ने उत्तर दिया, "पिताजी, एक कील बना रहा हूँ। यह उसके मुँह में ठोकी जाएगी जो उस दिन की बात किसी से कहेगा।"

शम्ब का साहस

द्वारका नगरी में बलदेव का पौत्र सागरचन्द नाम का एक राजकुमार रहता था। उसी नगरी में कमलामेला नाम की एक सुन्दर राजकुमारी थी। उसकी सगाई उग्रसेन राजा के नाती धनदेव के साथ हो चुकी थी।

एक बार की बात है, कलहप्रिय नारद महाराज सागरचन्द के पास गये और कमलामेला के रूप-गुण की प्रशंसा करने लगे। सागरचन्द के पूछने पर नारद ने कहा कि कमलामेला की सगाई धनदेव के साथ हो चुकी है।

सागरचन्द कमलामेला पर मुग्ध हो गया और उसे पाने का उपाय सोचने लगा।

उसने राजकुमारी का एक चित्र बनवाया और वह उसी के ध्यान में रहने लगा।

उधर नारद जी कमलामेला के पास पहुँचे, और सागरचन्द की प्रशंसा की, जिससे राजकुमारी धनदेव की ओर से उदासीन होकर सागरचन्द से प्रेम करने लगी।

सागरचन्द की दशा दिन-पर-दिन ख़राब होने लगी। उसे दिन-रात राजकुमारी का ध्यान सताने लगा।

एक दिन सागरचन्द का मित्र शम्बकुमार चुपके से वहाँ आया, और पीछे से आकर उसने अपने मित्र की आँखें मींच लीं।

सागरचन्द को मालूम नहीं हुआ कि कौन है। अन्यमनस्क दशा में वह एकदम बोल उठा, "कमलामेला!" शम्ब ने कहा, "कमलामेला नहीं, कमलामेल।"

सागरचन्द ने अपने मित्र से जैसे भी हो कमलामेला को लाने को कहा।

राजकुमारी और धनदेव के विवाह की तैयारियाँ हो रही थीं। विवाह की निश्चित तिथि पर शम्ब ने विद्याधर का वेश बनाया, और कमलामेला का अपहरण कर उसे रेवतक उद्यान में ले आया। यहाँ राजकुमारी और राजकुमार का यथाविधि पाणिग्रहण हो गया।

राजकुमारी के अपहरण से वर तथा कन्यापक्ष के लोगों में बड़ा क्षोभ मच गया। यह समाचार जब कृष्ण के पास पहुँचा तो वे दल-बल सहित युद्ध के लिए चल पड़े।

पिता-पुत्र में युद्ध ठन गया। शम्बकुमार विद्याधर का रूप बनाकर युद्ध करने लगा और उसने अनेक राजाओं को पराजित कर दिया।

कृष्ण को बहुत क्रोध आया। परन्तु कृष्ण के उग्र रूप धारण करने के पहले ही शम्ब ने अपना वास्तविक रूप प्रकट कर दिया, और उनके चरणों में गिरकर क्षमा माँगी।

कृष्ण ने शम्ब को बहुत डाँटा, और कहा कि तुमने यह बहुत अनुचित कार्य किया है। शम्ब ने विनम्रता से उत्तर दिया, "पिताजी, राजकुमारी खिड़की से कूदकर आत्महत्या करना चाहती थी। इसलिए मैं उसे वहाँ से ले आया। इसमें मेरा दोष नहीं।"

रोहिणेय चोर

राजगृह नगरी में रोहिणेय नाम का एक चोर रहता था। वह अपने काम में बड़ा कुशल था और किसी की पकड़ में न आता था। रोहिणेय का पिता मरते समय उससे कह गया था, "बेटा देखो, जहाँ कोई साधु-सन्त उपदेश देते हों, वहाँ भूलकर भी मत जाना।"

एक बार की बात है, राजगृह में भगवान महावीर आये हुए थे। सब लोग उनका उपदेश सुनने गये।

संयोगवश रोहिणेय वहाँ होकर गुजरा। रोहिणेय को डर था कि कहीं भगवान का उपदेश उसके कानों में न पड़ जाए। अतएव उसने अपने दोनों हाथों से कान बन्द कर लिये।

इसी समय रोहिणेय के पैर में काँटा चुभ गया। एक हाथ तो वह अपने कान पर ज्यों का त्यों रखे रहा और दूसरे से काँटा निकालने लगा। उस समय भगवान के निम्नलिखित वाक्य रोहिणेय के कान में पड़े—"देवलोक में देवों की मालाएँ नहीं मुरझातीं, उनके पलक नहीं लगते, और वे ज़मीन छोड़कर अधर चलते हैं।"

इतने में रोहिणेय के पैर का काँटा निकल गया, और वह फिर दूसरे हाथ को अपने कान पर रखकर चलने लगा।

कुछ समय पश्चात् राजगृह में चोरी करता हुआ रोहिणेय पकड़ा गया। परन्तु राजा के कर्मचारियों को यह नहीं मालूम हो सका कि वह कौन है। उन्होंने उसे बहुत पीटा। अन्त में जब कोई उपाय न रहा तो उसे मद्यपान द्वारा बेहोश करके एक सुन्दर भवन में सुला दिया।

प्रातःकाल होने पर चोर ने देखा कि वह एक अत्यन्त सुन्दर भवन में लेटा हुआ है, नाना मणियों से जटित भवन जगमगा रहा है, उसका शरीर बहुमूल्य वस्त्र और आभूषणों से अलंकृत है, तथा युवतियों का नाच-गान हो रहा है। नाच-गान के पश्चात् युवतियों ने चोर को प्रणामपूर्वक कहा, "देव, आप बड़े भाग्यशाली हैं, जो इस देवलोक में जनमे हैं। कृपाकर अपने पूर्व जन्म का वर्णन कीजिए।"

रोहिणेय को तुरन्त महावीर के वाक्य स्मरण हो आये—"देवलोक में देवताओं की मालाएँ नहीं मुरझातीं, उनके पलक नहीं लगते, और वे ज़मीन छोड़कर अधर चलते हैं।"

रोहिणेय ने सोचा कि तीर्थंकर के वाक्य कभी मिथ्या नहीं होते। मालूम होता है कि मुझे फँसाने के लिए सब जाल रचा गया है।

बाद में उसी रोहिणेय ने महावीर के चरणों में बैठकर उनका धर्म स्वीकार किया।

मुनि आर्द्रककुमार का गृह-त्याग

आर्द्रकपुर नगर में आर्द्रक नामक राजा राज्य करता था। उसके राजकुमार का नाम था आर्द्रककुमार।

एक बार की बात है, राजा ने राजगृह के नरेश श्रेणिक के पास कुछ भेंट भेजी। उस समय आर्द्रककुमार भी वहीं था। उसने भी राजपुत्र अभयकुमार को भेंट भेजी।

बदले में अभयकुमार ने आर्द्रककुमार को ऋषभदेव की एक प्रतिमा भिजवायी, जिसे पाकर राजकुमार बहुत हर्षित हुआ।

कालान्तर में संसार त्याग कर उसने दीक्षा ले ली।

एक बार की बात है, आर्द्रक मुनि वसन्तपुर में किसी सेठ के बगीचे में ध्यान में अवस्थित थे। सेठ की कन्या अपनी सखियों के साथ खेलती-खेलती बगीचे में पहुँची और मुनि को देखकर उसने प्रतिज्ञा की कि यदि विवाह करूँगी तो इस मुनि के साथ, अन्यथा आजीवन कुमारी रहूँगी।

विवाह योग्य होने पर सेठ अपनी कन्या के लिए वर की तलाश करने लगा, परन्तु कन्या अपनी प्रतिज्ञा से न टली।

संयोगवश कुछ समय पश्चात् आर्द्रक मुनि फिर वसन्तपुर में पधारे, और भिक्षा के लिए सेठ के घर आये।

सेठ की कन्या ने उन्हें पहचान लिया। दोनों का विवाह हो गया।

आर्द्रक मुनि ने एक पुत्र पैदा होने तक गृहस्थाश्रम में रहना स्वीकार किया। एक पुत्र होने के बाद जब आर्द्रक ने पुनः दीक्षा लेने का प्रस्ताव अपनी स्त्री के समक्ष रखा, तो वह चरखे पर सूत कातने बैठ गयी।

उसके पुत्र ने आकर पूछा, "माँ, यह क्या कर रही हो?" माँ ने उत्तर दिया, "बेटा, तुम्हारे पिता हम लोगों को छोड़कर जा रहे हैं, अतएव तुम्हारा और अपना पेट भरने के लिए सूत कात रही हूँ।"

बालक कच्चा सूत लेकर अपने पिता के पास पहुँचा, और उसे उनके चारों ओर पूरकर कहने लगा, "पिताजी, अब आप हमें छोड़कर न जा सकेंगे।"

पिता ने सूत के धागों को गिनकर देखा तो वे बारह थे।

आर्द्रक ने बारह वर्ष तक गृहस्थाश्रम में रहना स्वीकार किया।

ऋषिकुमार वल्कलचीरी

पोतनपुर में सोमचन्द्र नाम का राजा राज्य करता था।

एक बार की बात है, रानी ने राजा के सिर में सफ़ेद बाल देखकर कहा, "स्वामिन्, देखिए दूत आ गया है।"

राजा ने इधर-उधर देखा, मगर दूत कहीं दिखाई न दिया। उसने पूछा, "देवि, तुम्हारे नेत्र दिव्य मालूम होते हैं। दूत तो यहाँ नहीं है।"

रानी ने राजा को सफ़ेद बाल दिखाते हुए कहा, "लीजिए महाराज, यह रहा धर्मदूत।"

सफ़ेद बाल देखकर राजा उदास हो गया। रानी ने कहा, "राजन्, क्या बुढ़ापे से लज्जा मालूम होती है?"

राजा ने उत्तर दिया, "देवि, यह बात नहीं। बात यह है कि कुमार अभी बालक है। वह प्रजा का पालन ठीक तरह नहीं कर सकता। साथ ही पूर्व पुरुषों से चले आये हुए मार्ग का अनुसरण न करना भी उचित नहीं। अतएव यदि तुम बालक प्रसन्नचन्द्र की देख-भाल करने के लिए तैयार हो तो मैं दीक्षा ले लूँ!"

लेकिन रानी ने यह बात स्वीकार नहीं की। ऐसी हालत में राजा सोमचन्द्र ने अपने पुत्र को गद्दी पर बैठाकर, अपनी रानी और दाई के साथ दिशाओं के पूजक, तापसों की दीक्षा ले ली।

सोमचन्द्र तापसों के आश्रम में रहने लगे। दीक्षा लेने के पहले ही रानी गर्भवती थी। उसने यथासमय प्रसव किया, और कुछ समय पश्चात् विसूचिका से वह मर गयी।

वल्कल में रखे जाने के कारण बालक का नाम वल्कलचीरी पड़ा। माँ का दूध न मिलने से वह जंगली भैंस के दूध पर पलने लगा।

दुर्भाग्य से कुछ समय पश्चात् दाई भी चल बसी, और अब वल्कलचीरी के पालन-पोषण का भार ऋषि सोमचन्द्र के ऊपर आ पड़ा।

राजा प्रसन्नचन्द्र को अपने गुप्तचरों द्वारा अपने पिता और भाई का सब हाल मालूम होता रहता था।

जब वल्कलचीरी बड़ा हुआ तो चित्रकारों ने उसका एक सुन्दर चित्र बना राजा को दिखाया। चित्र देखकर राजा बहुत प्रसन्न हुआ। उसने वेश्या की रूपवती

कन्याओं को खाँड के लड्डू और अनेक प्रकार के फल देकर वल्कलचीरी को लुभाने के लिए ऋषियों के आश्रम में भेजा।

इतने में वहाँ सोमचन्द्र ऋषि आ पहुँचे। वृक्षों पर छिपे बैठे गुप्तचरों का इशारा पाकर, ऋषि के शाप के डर से वेश्या-कन्याएँ वहाँ से भाग गयीं। वल्कलचीरी उनके पीछे-पीछे चला, परन्तु उन्हें न पाकर वह लौट गया।

थोड़ी देर बाद जंगल में घूमते-घूमते वल्कलचीरी ने रथ पर जाते हुए एक पुरुष को देखकर उसे अभिवादन किया।

ऋषिकुमार रथिक की भार्या को भी 'तात' कहकर सम्बोधित करता था। रथिक की भार्या ने इसका कारण जानना चाहा। रथिक ने उत्तर दिया, "सुन्दरि, यह ऋषिकुमार स्त्रीशून्य आश्रम में पाला-पोसा गया है, अतएव इसके लिए स्त्री और पुरुष दोनों बराबर हैं।"

रथ में जुते हुए घोड़ों को देखकर ऋषिकुमार ने पूछा, "तात, इन मृगों को रथ में क्यों जोत रखा है?"

रथिक ने कुमार के खाने के लिए लड्डू दिये। कुमार ने उन्हें जंगल के फल समझकर स्वीकार कर लिया।

नगर में पहुँचकर रथिक ने कुमार को कुछ द्रव्य देकर विदा किया। कुमार रहने के लिए किसी झोंपड़ी की खोज में चला।

घूमता-घामता वह एक वेश्या के घर पहुँचा। उसे अभिवादन कर उसने पूछा, "तात, क्या इस द्रव्य में यहाँ कोई झोंपड़ी मिल सकती है?" वेश्या ने उसे बैठने को कहा।

वेश्या ने एक नाई को बुलवाया और कुमार की इच्छा न होते हुए भी उसके नख-केश आदि कटवा, उसका वल्कल का परिधान उतार, उसे वस्त्राभूषणों से सज्जित किया। फिर उसने अपनी कन्या के साथ कुमार के विवाह की तैयारियाँ आरम्भ कर दीं।

ऋषिकुमार ने बहुत अनुरोध किया कि उसका ऋषिवेश न उतारा जाए, परन्तु वेश्या ने कहा कि झोंपड़ी में रहनेवाले जो अतिथि यहाँ आते हैं, उनका यही सत्कार किया जाता है।

वर और वधू को एक स्थान पर बैठाया गया। मंगल-गीत गाये जाने लगे।

इधर ऋषि के वेष में जो गणिकाएँ कुमार को लुभाने के लिए आश्रम में गयी थीं, उन्होंने लौटकर राजा से निवेदन किया, "महाराज, कुमार न जाने जंगल में कहाँ चले गये। हमने उन्हें दूर से देखा, परन्तु ऋषि के भय से हम उनके पास नहीं जा सकीं।"

यह समाचार सुनकर राजा प्रसन्नचन्द्र बहुत चिन्तित हुए कि न जाने कुमार कहाँ भटकता होगा?

इतने में राजा के कानों में मृदंग की ध्वनि सुनाई पड़ी। उसने अपने कर्मचारियों को बुलाकर पूछा—"पोतनपुर में ऐसा कौन व्यक्ति है जो मेरे दुखी होने पर सुख से जीवन बिता रहा हो?"

पता चला कि वेश्या की कन्या का विवाह हो रहा है।

वेश्या को बुलाया गया। उसने कहा, "महाराज, मुझे एक ज्योतिषी ने कहा था कि तेरे घर जो कोई तापसरूपधारी युवक आये उसके साथ अपनी कन्या का विवाह कर देना। कन्या उसे पाकर बहुत सुखी होगी। ज्योतिषी के कथनानुसार आज मेरे घर एक युवक आया है, उसके साथ मैं अपनी कन्या का विवाह कर रही हूँ।"

राजा ने वेश्या के घर अपने आदमियों को भेजकर युवक को बुलाया।

प्रसन्नचन्द्र अपने लघुभ्राता को देखकर बड़ा प्रसन्न हुआ। उसने उसे वधू सहित वहीं रख लिया, और अपना आधा राज्य उसे सौंप दिया।

इधर ऋषि सोमचन्द्र कुमार को आश्रम में न देख शोक-सागर में डूब गये, और कुमार की याद में रो-रो करके अन्धे हो गये।

कुमार को राजभवन में रहते-रहते बहुत दिन बीत गये थे। एक दिन वह आधी रात को उठा और अपने पिता की याद कर शोक से विह्वल हो गया।

राजा प्रसन्नचन्द्र और कुमार वल्कलचीरी दोनों आश्रम में जाकर अपने पिता से मिले।

ऋषि सोमचन्द्र का चिरकाल से रुका हुआ वाष्प-स्रोत उमड़कर बह चला, और उनके दोनों नेत्र खुल गये।

वल्कलचीरी अपने पिता के उपकरणों को देखने के लिए कुटिया में पहुँचा। उसने देखा कि उनके सब उपकरण धूल से मैले हो गये हैं। वह उन्हें वस्त्र से पोंछ-पोंछकर रखने लगा।

इसी समय वल्कलचीरी को अपने पूर्वभव का स्मरण हो आने से उसके कर्मों का बन्धन टूट गया और उसने केवलज्ञान प्राप्त किया।

जिनदत्त का कौशल

चम्पा में धन्य नाम का एक व्यापारी रहता था। उसके घर सर्वश्रेष्ठ मोतियों का हार और हारप्रभा नाम की एक सुन्दर कन्या थी। वसन्तपुर के जिनदत्त नामक श्रमणोपासक व्यापारी ने धन्य से इन दोनों चीज़ों की माँग की, परन्तु धन्य देने के लिए राज़ी न हुआ।

एक दिन जिनदत्त धूर्त का वेष बनाकर चम्पा के लिए रवाना हो गया।

वहाँ उसने एक उपाध्याय के पास जाकर कहा, "गुरुजी, मैं विद्या पढ़ना चाहता हूँ।" उपाध्याय ने उत्तर दिया, "ख़ुशी से पढ़ो, परन्तु अपने भोजन की व्यवस्था कहीं कर लो।"

जिनदत्त को मालूम हुआ कि धन्य सरजस्क साधुओं को भोजनवस्त्र देता है। उसने धन्य से जाकर कहा कि "यदि आप मेरे भोजन की व्यवस्था कर दें तो बड़ी कृपा हो।"

धन्य ने अपनी कन्या से कह दिया कि वह विद्यार्थी को भोजन करा दिया करे।

जिनदत्त ने सोचा, चलो यह बहुत अच्छा हुआ—'मेढक की रखवाली और साँप को।'

धीरे-धीरे जिनदत्त ने धन्य की कन्या को अपने वश में कर लिया। वह उसके साथ चलने को तैयार हो गयी। जिनदत्त ने कहा, "जल्दी करना ठीक नहीं, धीरज से काम लेना होगा।"

एक दिन जिनदत्त ने हारप्रभा से कहा, "तुम पागल बन जाओ, और वैद्यों की चिकित्सा किये जाने पर भी अच्छी न होना।"

उसने ऐसा ही किया।

हारप्रभा के पिता को बड़ी चिन्ता हुई। उसने जिनदत्त से सलाह ली। जिनदत्त ने उत्तर दिया, "मेरे पास एक परम्परागत विद्या है, परन्तु उसकी विधि बहुत कठिन है। उसमें शुद्ध ब्रह्मचारियों की आवश्यकता होती है।"

धन्य ने कहा, "यदि सरजस्क साधुओं से काम चल जाए तो मैं उन्हें बुलवा सकता हूँ।"

जिनदत्त ने उत्तर दिया कि यदि वे ब्रह्मचारी न हुए तो काम न बनेगा।

अगले दिन चार सरजस्क साधु और शब्दभेदी दिक्पालों को बुलाया गया।

एक मण्डल बनाया, और दिक्पालों से कहा गया कि जिस दिशा से गीदड़ का शब्द सुनाई दे, उस ओर फ़ौरन ही तीर छोड़ें।

सरजस्क साधुओं से कहा गया कि 'हुम् फट्' की आवाज़ सुनने के पश्चात् वे फ़ौरन ही गीदड़ का शब्द करें।

कन्या से कहा गया कि वह ज्यों-की-त्यों बैठी रहे।

यथाविधि सब कार्य सम्पन्न हुआ।

सरजस्क साधु तीर से घायल होकर मर गये, परन्तु हारप्रभा की हालत में सुधार न हुआ।

धन्य के पूछने पर जिनदत्त ने कहा, "इसमें मेरा क्या दोष है? मैंने पहले ही कह दिया था यदि साधु ब्रह्मचारी न हुए तो कार्य-सिद्धि न होगी।"

जिनदत्त ने कहा कि जो साधु मन, वचन और काय का निग्रह करते हैं, वे ब्रह्मचारी कहे जाते हैं, उन्हें बुलवाना चाहिए।

धन्य ने अनेक साधुओं से पूछताछ की, परन्तु कुछ न हुआ।

अन्त में वे लोग निर्ग्रन्थ साधुओं के पास पहुँचे। मालूम हुआ कि वे मन, वचन और काय का निग्रह तो करते हैं, परन्तु निर्ग्रन्थ होने के कारण कहीं जा नहीं सकते।

जिनदत्त ने कहा, "चिन्ता की कोई बात नहीं, उनकी पूजा करने से भी काम चल जाएगा।"

साधुओं के नाम लिखकर उनका पूजन किया गया। पहले की तरह मण्डल बनाया गया। दिक्पाल आये। इस बार गीदड़ का शब्द सुनाई न दिया, और कन्या अच्छी हो गयी।

धन्य निर्ग्रन्थ श्रमणों का भक्त बन गया, और जिनदत्त को धर्मोपकारी समझकर उसने उसे अपनी कन्या और हार दोनों चीज़ें दे दीं।

राजा करकण्डु

चम्पा नगरी में राजा दधिवाहन अपनी रानी पद्मावती के साथ राज्य करता था।

एक बार रानी गर्भवती हुई और उसे हाथी पर बैठकर उद्यान में विहार करने का दोहद हुआ।

रास्ते में राजा का हाथी बिगड़ गया। राजा और रानी दोनों को लेकर वह जंगल की ओर भागा।

रास्ते में एक वट का वृक्ष पड़ा। राजा ने उसकी शाखा पकड़कर अपनी जान बचा ली, परन्तु हाथी रानी को लेकर भाग गया।

रानी एक निर्जन अटवी में पहुँची और दिशाभ्रम के कारण बहुत समय तक इधर-उधर भ्रमण करती रही।

थोड़ी देर बाद रानी को एक तापस मिला। उसने रानी का कन्द-मूल फलों से सत्कार किया और उसे दन्तपुर का मार्ग बता दिया।

दन्तपुर पहुँचकर पद्मावती ने एक आर्या के पास दीक्षा ले ली। पहले तो रानी ने अपना गर्भ गुप्त रखा, परन्तु जब मालूम होने लगा तो उसने प्रकट कर दिया।

यथासमय रानी ने प्रसव किया। पुत्र को अपने नाम की अँगूठी देकर और एक सुन्दर कम्बल में लपेट वह उसे श्मशान में छोड़ आयी। श्मशानपालक ने शिशु को उठाकर अपनी स्त्री को सौंप दिया।

साध्वियों ने जब गर्भ के बारे में पूछा तो उसने कह दिया कि मृत शिशु हुआ था, उसे फिंकवा दिया गया है।

पद्मावती ने श्मशानपालक के साथ मित्रता कर ली। मोदक आदि जो कुछ उसे भिक्षा में मिलता, उसे अपने शिशु को लाकर देती।

बालक के शरीर में खुजली हो गयी थी, अतएव उसका नाम करकण्डु पड़ा।

एक बार करकण्डु अपने माता-पिता के साथ कंचनपुर गया। संयोगवश वहाँ का राजा मर गया था। मन्त्रियों ने राजा की खोज में घोड़ा छोड़ा। घोड़ा, जहाँ करकण्डु सो रहा था, वहाँ आया और उसकी प्रदक्षिणा करके उसके सामने खड़ा हो गया। करकण्डु के शरीर पर राजा के लक्षण देखकर नागरिकों ने जयघोष किया, और नन्दिवाद्य की घोषणा की।

करकण्डु जम्हाई लेता हुआ उठा। नागरिकों ने उसे घोड़े पर बैठाया, और उसे राजमहल में ले गये।

जब ब्राह्मणों के पास यह ख़बर पहुँची कि एक चाण्डाल के पुत्र को राजगद्दी दी जा रही है तो उन्होंने इसका विरोध किया। परन्तु किसी की कुछ न चली। उसने अपने प्रताप से सबको वश में कर लिया, और वाटधानक के चाण्डालों को शुद्ध करके ब्राह्मण बनाया।

एक बार की बात है, करकण्डु तथा चम्पा के राजा दधिवाहन में किसी बात पर मनोमालिन्य हो गया, और युद्ध की नौबत आ पहुँची।

साध्वी पद्मावती शीघ्र ही चम्पा पहुँचकर राजा दधिवाहन से मिली, और उसे बताया कि करकण्डु उसी का पुत्र है।

दधिवाहन ने हथियार डाल दिये, और अपने पुत्र को राज्य सौंपकर साधु हो गया।

राजा करकण्डु महाशासन के नाम से प्रख्यात हुआ। उसने बहुत समय तक राज्य किया।

एक बार एक बैल को देखकर करकण्डु को संसार से वैराग्य हो गया। उसने दीक्षा ग्रहण कर ली। कम्पिला के राजा दुर्मुख, मिथिला के राजा नमी और पुरुशपुर (पेशावर) के राजा नग्नजित् के साथ बहुत काल तक जनपद विहार करते हुए अन्त में उसने प्रत्येकबुद्ध अवस्था प्राप्त की।

चाण्डाल-पुत्रों की कहानी

वाराणसी नगरी में शंख नामक राजा राज्य करता था। नमुचि उसका मन्त्री था।

एक बार नमुचि से कोई अपराध हो गया, और राजा ने चाण्डालों के मुखिया भूतदत्त को बुलाकर, लोगों से छिपाकर, नमुचि के वध करने की आज्ञा दी।

भूतदत्त के चित्र और सम्भूत नामक दो पुत्र थे। उसने मन्त्री से कहा, "यदि तुम मेरे पुत्रों को पढ़ाना स्वीकार करो तो मैं तुम्हारी रक्षा कर सकता हूँ।"

मन्त्री ने यह स्वीकार कर लिया, और वह भौंरे में रहकर चाण्डाल के पुत्रों को पढ़ाने लगा।

कुछ समय बाद नमुचि अपनी दुश्चरित्रता के कारण वहाँ से निकाल दिया गया। हस्तिनापुर पहुँचकर वह सनत्कुमार चक्रवर्ती का मन्त्री बन गया।

चित्र और सम्भूत नृत्य, गीत आदि कलाओं में निष्णात हो गये थे। वे वेणु, वीणा आदि बजाते, और गन्धर्व गाते हुए इधर-उधर घूमते थे।

एक बार वाराणसी में मदन महोत्सव आया। लोग अपनी-अपनी टोलियाँ लेकर नाचते-गाते हुए निकले। चित्र और सम्भूत भी अपनी टोली लेकर चले। दोनों का कण्ठ इतना मधुर था कि उसे सुनकर नगरी के सब लोग, विशेषकर तरुण स्त्रियाँ इकट्ठी हो जातीं और मन्त्रमुग्ध हो उनका गाना सुनतीं।

यह ख़बर जब नगर के ब्राह्मणों के पास पहुँची तो उन्होंने राजा से जाकर निवेदन किया, "राजन्, इन चाण्डाल-पुत्रों ने नगरी के समस्त लोगों को भ्रष्ट कर दिया है, अतएव इनका नगरी में प्रवेश निषिद्ध कर दिया जाए।"

राजा ने हुक्म निकाल दिया कि चित्र और सम्भूत नगरी में न आ पाएँ।

कुछ समय पश्चात् कौमुदी महोत्सव आया, और नगरी के लोग बड़ी धूमधाम से उत्सव की तैयारियाँ करने लगे।

चित्र और सम्भूत राजाज्ञा की परवाह न कर अपनी नगरी को लौटे, और दूसरों को गाते देख, वस्त्र से अपना मुँह ढँककर, उन्होंने गाना आरम्भ कर दिया।

चाण्डाल-पुत्रों का गाना सुनते ही चारों ओर से लोग आ-आकर एकत्रित होने लगे। जब मालूम हुआ कि ये वही मातंगकुमार हैं तो लोगों ने उन्हें लात, घूँसा, थप्पड़ आदि से बुरी तरह पीटकर बाहर निकाल दिया।

चाण्डाल-पुत्रों को बड़ा दुःख हुआ। उन्होंने सोचा—'हमारे रूप, यौवन,

कला-कौशल आदि को धिक्कार है जो चाण्डाल कुल में उत्पन्न होने के कारण हमारे सब गुणों पर पानी फिर गया। ऐसे जीने से तो मरना अच्छा।' यह सोचकर दोनों भाई मरने का निश्चय कर दक्षिण दिशा की ओर चल दिये।

चलते-चलते वे एक पहाड़ पर पहुँचे और वहाँ से गिरकर प्राण त्याग करने का विचार करने लगे।

संयोगवश उस पहाड़ पर एक मुनि ध्यानावस्था में बैठे थे। दोनों भाइयों ने जाकर उनकी वन्दना की। मुनि ने उन्हें धर्मोपदेश देकर धर्म में दीक्षित किया।

एक बार की बात है, चित्र और सम्भूत दोनों विहार करते-करते हस्तिनापुर पहुँचे, और नगर के बाहर उद्यान में ठहरे।

सम्भूत साधु नगर में पारणा के लिए गया। वहाँ उसे राजा के मन्त्री नमुचि ने पहचान लिया।

मन्त्री ने सोचा, यह साधु मेरे विषय में ज़रूर दूसरों से कहेगा, अतएव उसने अपने आदमियों से उसे ख़ूब पिटवाया।

सम्भूत को बहुत क्रोध आया। नगर को भस्म कर देने के लिए उसके शरीर में से तेजोलेश्या उद्भूत हुई।

जब सनत्कुमार को इसका पता लगा तो वह अपने अन्तःपुर सहित सम्भूत साधु के पास क्षमा-याचना के लिए आया।

वन्दना करते समय चक्रवर्ती की महारानी के कोमल केशपाश का स्पर्श पाकर सम्भूत का मन विचलित हो उठा।

चित्र साधु ने उसे अनेक दृष्टान्तों द्वारा उपदेश दिया, परन्तु सम्भूत पर कोई असर न हुआ।

सम्भूत ने निदान (आगामी भव में भोग की इच्छा) किया—"यदि मेरे तप में कुछ बल हो तो मरकर मैं अगले भव में चक्रवर्ती बनूँ।"

सम्भूत अगले जन्म में ब्रह्मदत्त चक्रवर्ती हुआ, और रौद्र परिणाम के कारण मरकर दुर्गति में गया।

द्वारका-दहन

द्वारका नगरी में कृष्ण वासुदेव राज्य करते थे। बलदेव और जराकुमार उनके बड़े भाई थे तथा शम्ब, प्रद्युम्न आदि उनके अनेक पुत्र थे।

एक बार की बात है, द्वारका में भगवान अरिष्टनेमि का आगमन हुआ। कृष्ण, वासुदेव आदि अनेक यादव उनके दर्शन के लिए गये।

धर्मकथा समाप्त होने पर अरिष्टनेमि ने भविष्यवाणी की—"द्वीपायन ऋषिद्वारा इस नगरी का नाश होगा। शम्ब आदि कुमार मद्यपान कर ऋषि का अपमान करेंगे, और द्वीपायन अपने तेज से इस नगरी को भस्म कर देंगे। यादववंश का नाम-निशान न रह जाएगा, और जराकुमार के बाण से कृष्ण का प्राणान्त होगा।"

अरिष्टनेमि की यह वाणी सुनकर यादव बहुत चिन्तित हुए। कृष्ण ने नगर-भर में घोषणा करा दी कि नगर की सब मदिरा जंगल में फेंक दी जाए। जराकुमार भी बहुत दुःखी हुआ और वह अपना घर छोड़कर जंगल में चला गया।

छह महीने तक गुफा में पड़ी-पड़ी सुरा पककर स्वादिष्ट बन गयी। संयोगवश, कोई शिकारी घूमता-फिरता वहाँ आया और उस सुन्दर और स्वच्छ सुरा का पान कर अत्यन्त सन्तुष्ट हुआ।

उसने जाकर शम्ब को ख़बर दी। शम्बकुमार अन्य कुमारों को साथ लेकर वहाँ पहुँचा, और सबने जी-भरकर सुरा का पान किया। सुरापान कर कुमार मस्त होकर नाचने-गाने लगे और खेलते-कूदते एक पर्वत पर पहुँचे।

यहाँ द्वीपायन ऋषि अपनी तपश्चर्या में बैठे हुए थे। ऋषि को देखकर कुमारों को बहुत क्रोध आया। उन्होंने ऋषि को हाथ, लात और घूँसों से पीटना शुरू कर दिया। उसके बाद कुमार द्वारका लौट आये।

गुप्तचरों ने जाकर कृष्ण से सब हाल कहा। कृष्ण ने कुमारों के दुष्कृत्य की बहुत निन्दा की, और अपने भाई बलदेव को साथ लेकर द्वीपायन को शान्त करने चले। द्वीपायन क्रोध से अन्धा होकर काँप रहा था। दोनों ने ऋषि को बहुत समझाया, परन्तु कोई असर न हुआ। उसने कहा, "मैं द्वारका को भस्म करने की प्रतिज्ञा कर चुका हूँ।"

घर लौटकर कृष्ण ने दूसरी घोषणा करायी—"द्वीपायन ऋषि द्वारका को भस्म

करने की प्रतिज्ञा कर चुका है, अतएव सब लोगों को चाहिए कि वे तप-उपवास आदि शुभ कार्यों में समय बिताएँ।"

यह सुनकर नगरी के सब लोग बहुत चिन्तित हुए। अनेक राजकुमारों ने बहुत-से लोगों के साथ अरिष्टनेमि के पास दीक्षा ले ली।

इधर द्वीपायन ने मौक़ा पाकर बहुत-से तृण, काष्ठ, वृक्ष, लता आदि के ढेर लगाकर उनमें आग लगा दी। क्षण-भर में वह आग सारी नगरी में फैल गयी। बड़े-बड़े भवन टूट-टूटकर गिरने लगे। सब जगह हाहाकार मच गया। कृष्ण और बलदेव नगरी की यह दशा देखकर अपने माता-पिता को रथ में बैठाकर जल्दी-जल्दी भागने लगे। परन्तु रथ भी जलने लगा, और दोनों भाइयों को अपने माता-पिता को छोड़कर भागना पड़ा।

द्वीपायन की लगायी हुई आग बहुत दिनों तक जलती रही, जिसमें बहुत-से लोगों की जानें गयीं। कृष्ण और बलदेव दक्षिण मथुरा (मदुरा) की ओर चल दिये।

सौराष्ट्र पार कर वे किसी जंगल में आये। यहाँ पर कृष्ण को बहुत प्यास लगी। बलदेव पानी की खोज में चले।

इधर कृष्ण रेशमी वस्त्र ओढ़कर सोये हुए थे। इतने में जराकुमार व्याध के रूप में वहाँ आया। कृष्ण को सोते देख जराकुमार ने समझा कि कोई हरिण सोया है। उसने कृष्ण के पैर में तीर मारा। कृष्ण एकदम चिल्ला पड़े।

जराकुमार को अब मालूम हुआ कि यह हरिण नहीं, बल्कि कोई पुरुष है।

दोनों का परिचय हुआ। जराकुमार कृष्ण को गले लगाकर रोने लगा। लेकिन अब क्या हो सकता था! कृष्ण परलोक सिधार गये।

कपिल मुनि

कौशाम्बी नगरी में जितशत्रु नाम का राजा राज्य करता था। उसके दरबार में चौदह विद्याओं में पारंगत काश्यप नाम का ब्राह्मण रहता था। उसके पुत्र का नाम कपिल था। कपिल जब बालक था तो उसका पिता परलोक सिधार गया। काश्यप का पद किसी अन्ध ब्राह्मण को मिल गया।

जब यह ब्राह्मण घोड़े पर बैठ, छत्र लगाकर अपने नौकर-चाकरों के साथ निकलता तो कपिल की माँ अपने बीते हुए दिनों की याद कर रोने लगती। कपिल पूछता तो वह कहती—"बेटा, कभी तेरे पिता भी इसी तरह घोड़े पर सवार होकर जाते थे।" कपिल ने कहा, "माँ, क्या मैं अपने पिता की पदवी को नहीं पा सकता?" माँ ने जवाब दिया, "बेटा, तू अवश्य उस पदवी को पा सकता है, परन्तु तू पढ़ा-लिखा नहीं है। और यहाँ तुझे कोई पढ़ाने को तैयार न होगा। अब तेरे लिए एक ही रास्ता है कि तू श्रावस्ती (सहेट-महेट, गोंडा) चला जा। वहाँ तेरे पिता के मित्र इन्द्रदत्त रहते हैं, वे तुझे पढ़ा देंगे।"

कपिल श्रावस्ती के लिए रवाना हो गया। श्रावस्ती पहुँचकर कपिल ने प्रणामपूर्वक पण्डितजी के चरण छुए और सब वृत्तान्त कह सुनाया। पण्डित इन्द्रदत्त अपने मित्र के पुत्र से मिलकर बड़े प्रसन्न हुए। उन्होंने कपिल को पढ़ाने की स्वीकृति दे दी।

कपिल किसी सेठ के घर भोजन करता और गुरुजी के पास विद्या पढ़ता था। सेठ के घर एक दासी थी जो प्रतिदिन कपिल को भोजन परोसती थी। कपिल का उससे प्रेम हो गया। कपिल पढ़ना-लिखना भूल गया और उसी के सोच-विचार में उसका समय बीतने लगा।

एक बार दासी ने कपिल से कुछ ख़रीदकर लाने को कहा। परन्तु कपिल के पास पैसे नहीं थे। दासी ने तरक़ीब बतायी—जो कोई सुबह सबसे पहले उठकर राजा का अभिवादन करता है, उसे वह दो माशे सोना देता है। अतएव तुम यदि वहाँ जा सको तो काम बन सकता है।

अगले दिन वह सुबह उठकर राजा के महल की ओर चला, लेकिन रास्ते में उसे रक्षपालों ने चोर समझकर पकड़ लिया। कपिल राजा के पास ले जाया गया

तो उसने सब हाल कह दिया। राजा को कपिल के भोलेपन पर दया आयी। उसने उसे मनचाही वस्तु माँगने को कहा।

कपिल एक बगीचे में बैठकर सोचने लगा—'दो माशे सोने से क्या होगा? यह तो गहने-कपड़े के लिए भी काफ़ी नहीं, अतएव मैं क्यों न सौ मोहरें माँगूँ!' फिर सोचा, 'यह भी काफ़ी न होगा, मैं क्यों न हज़ार मोहरें माँगूँ!' फिर हज़ार से वह लाख पर पहुँचा, लाख से करोड़ पर, करोड़ से सौ करोड़ पर; और सौ करोड़ से हज़ार करोड़ पर पहुँच गया। फिर सोचने लगा—'यह भी ख़ूब रहा। दो माशे सोने से मैं कहाँ पहुँच गया और फिर भी सन्तोष नहीं! तथा मैं परदेश में हूँ, और अपनी माँ को छोड़कर यहाँ विद्या पढ़ने आया हूँ। अपने कुल की मान-मर्यादा छोड़कर मैं यह क्या करने लगा!'

विचार करते-करते कपिल की आत्मा में प्रकाश की किरण दौड़ गयी। वह सोचने लगा—'अरे, अब मुझे सोने की क्या आवश्यकता है!'

कपिल का चित्त शान्त हो गया। उसकी आत्मा में विवेक और ज्ञान का सूर्य उदय हो चुका था।

गंगा की उत्पत्ति

अयोध्या नगरी में जितशत्रु राजा राज्य करता था। उसका पुत्र चक्रवर्ती सगर था। सगर के बहुत-से पुत्र थे, जिनमें जह्नुकुमार सबसे बड़ा था।

एक बार जह्नुकुमार अपने भाई-बन्धुओं को साथ लेकर पृथ्वी-भ्रमण के लिए निकला, और अनेक ग्राम, नगर, नदी, तालाब, जंगल आदि को पार करते हुए कैलास पर्वत पर पहुँचा। पर्वत की तलहटी में शिविर डालकर सब लोग पर्वत पर चढ़े। वहाँ पहुँचकर सबने राजा भरत द्वारा निर्मित मन्दिरों के दर्शन किये।

दण्डरत्न द्वारा सगर के पुत्रों ने पर्वत को खोदना शुरू किया। खोदते-खोदते दण्डरत्न पृथ्वी के अन्दर रहनेवाले नागकुमारों के भवनों से जा टकराया, जिससे नागकुमार भयभीत होकर, अपनी रक्षा के लिए नागराज के पास पहुँचे।

नागराज क्रोध में आकर सगर के पुत्रों के पास जाकर कहने लगा, "तुम लोगों ने अपने दण्डरत्न से पृथ्वी को खोदकर नागलोक को क्यों कष्ट पहुँचाया है?"

जह्नुकुमार ने नागराज को शान्त करते हुए उत्तर दिया—"नागराज, अपराध क्षमा करें, हमारा अभिप्राय आपको ज़रा भी कष्ट पहुँचाने का न था। हम लोग कैलास पर्वत की रक्षा के लिए उसके चारों ओर एक खाई खोदना चाहते हैं।"

नागराज शान्त होकर चला गया।

खाई तैयार हो जाने के बाद जह्नुकुमार ने सोचा कि बिना पानी के यह खाई किस काम की? सगर के पुत्रों ने दण्डरत्न द्वारा गंगा को फोड़कर उसके पानी से खाई को भर दिया। परन्तु यह पानी नागकुमारों के भवनों तक पहुँच गया। नागराज फिर दौड़कर आया। वह कहने लगा—"अरे पापियो, मैंने तुम्हारा अपराध क्षमा कर दिया था, लेकिन अभी तुम्हारे होश ठिकाने नहीं आये। देखो, अभी मैं तुम्हें तुम्हारी उद्दण्डता का मज़ा चखाता हूँ।" यह कहकर नागराज ने सगर-पुत्रों को क्षण-भर में भस्म कर डाला।

सगर-पुत्रों के देहान्त का समाचार जब शिविर में पहुँचा तो हाहाकार मच गयी। मन्त्री ने सबको ढाढस बँधाया, और कहा कि अब शीघ्र ही यह समाचार महाराज के पास पहुँचाना चाहिए।

सब लोग अयोध्या पहुँचे। परन्तु महाराज को यह समाचार कैसे सुनाया जाए?

इतने में वहाँ एक ब्राह्मण आ पहुँचा। ब्राह्मण ने कहा—"आप लोग चिन्ता न करें, राजा को यह समाचार मैं सुनाऊँगा।"

ब्राह्मण एक मरे हुए बालक को लेकर राजा के दरबार में पहुँचा और करुण स्वर से विलाप करता हुआ कहने लगा, "हाय, मैं लुट गया!" राजा के पूछने पर उसने कहा, "महाराज, मेरे इकलौते पुत्र को साँप ने डँस लिया है, कृपा कर अब इसे जीवन-दान दीजिए।"

सगर चक्रवर्ती ने वैद्य को बुलाया और उसका विष उतारने को कहा। वैद्य ने उत्तर दिया, "महाराज, यदि किसी ऐसे कुल की राख मिल सके जिसमें आज तक कोई न मरा हो तो मैं इस मुरदे को जिला सकता हूँ।"

ब्राह्मण राख माँगने चल दिया। उसने हज़ारों घर छान डाले, परन्तु उसे कोई ऐसा घर न मिला जहाँ किसी की मौत न हुई हो। राजा ने ब्राह्मण से कहा, "यदि ऐसी बात है तो फिर तुम पुत्र के मरने का शोक क्यों करते हो?" ब्राह्मण ने उत्तर दिया, "महाराज, मैं यह जानता हूँ, परन्तु पुत्र के न रहने से मेरा वंश नष्ट हो जाएगा। आप दुखियों के वत्सल हैं, अतएव मेरे पुत्र को जिला कर मुझे पुत्र-भिक्षा दें।" राजा ने कहा, "मूर्ख, मरा हुआ आदमी कहीं वापस आता है? तू शोक छोड़कर धर्म का साधन कर।"

ब्राह्मण बोला, "महाराज, यदि ऐसी बात है तो आपको भी शोक छोड़कर धर्म-साधन करना चाहिए।" राजा ने घबराकर पूछा, "मुझे कैसा शोक?" इस पर ब्राह्मण ने सगर को सब हाल कह सुनाया, जिसे सुनकर राजा मूर्छित हो सिंहासन से गिर पड़ा।

एक दिन की बात है, कैलास के आसपास रहनेवाले लोगों ने सगर चक्रवर्ती से आकर निवेदन किया—"महाराज, आपके पुत्रों ने अष्टापद की रक्षा के लिए जो पर्वत के चारों ओर खाई खोदकर उसे गंगाजल से भरा था, सो वह जल बहकर आसपास के गाँवों में भर रहा है, जिससे सब लोगों को बड़ी तकलीफ़ हो रही है, अतएव कृपा करके प्रजा की रक्षा कीजिए।"

सगर ने अपने पौत्र भगीरथ को बुलाकर आदेश दिया—"देखो, गंगा को समुद्र में ले जाकर उपद्रव शान्त करो।"

भगीरथ गंगा को समुद्र में ले गये। जहाँ गंगा सागर में जाकर मिली, वह स्थान गंगासागर के नाम से प्रसिद्ध हुआ। गंगा नदी जह्नु द्वारा लायी गयी थी, इसलिए वह जाह्नवी कहलायी और भगीरथ उसे हटाकर सागर में ले गया था, अतएव उसका नाम भागीरथी पड़ा।

राजीमती की दृढ़ता

सौर्यपुर के अन्धकवृष्णि राजा के दस दशार्ह पुत्रों में वसुदेव तथा समुद्रविजय मुख्य थे।

वसुदेव के दो रानियाँ थीं—एक रोहिणी और दूसरी देवकी। पहली से बलदेव और दूसरी से कृष्ण का जन्म हुआ। समुद्रविजय की रानी का नाम शिवा था, जिसने नेमि को जन्म दिया।

जब नेमिकुमार आठ वर्ष के हुए तो कृष्ण द्वारा कंस का वध किये जाने पर जरासन्ध को यादवों पर बहुत क्रोध आया। उसके भय से यादव पश्चिम समुद्र तट पर स्थित द्वारका नगरी में जाकर रहने लगे। कुछ समय पश्चात् कृष्ण और बलदेव ने जरासन्ध का वध किया और वे आधे भारतवर्ष के स्वामी हो गये।

नेमिकुमार जब बड़े हुए तो एक बार खेलते-खेलते वे कृष्ण की आयुधशाला में पहुँचे, और वहाँ रखे हुए धनुष को उठाने लगे। आयुधपाल ने कहा, "कुमार, आप क्यों व्यर्थ ही इसे उठाने का प्रयत्न करते हैं? कृष्ण को छोड़कर अन्य कोई पुरुष इस धनुष को नहीं उठा सकता।" परन्तु नेमिकुमार ने आयुधपाल के कहने की कोई परवाह न की। उन्होंने बात की बात में धनुष को उठाकर उस पर बाण चढ़ा दिया, जिससे सारी पृथ्वी काँप उठी। तत्पश्चात् उन्होंने पांचजन्य शंख फूँका, जिससे समस्त संसार काँप गया।

आयुधपाल ने तुरन्त कृष्ण से जाकर कहा। कृष्ण ने सोचा कि जिसमें इतना बल है वह बड़ा होकर मेरा राज्य भी छीन सकता है, अतएव इसका कोई उपाय करना चाहिए। कृष्ण ने यह बात अपने भाई बलदेव से कही। बलदेव ने उत्तर दिया, "देखो, नेमिकुमार बाईसवें तीर्थंकर होनेवाले हैं, और तुम नौवें वासुदेव। नेमि बिना राज्य किये ही संसार का त्याग कर दीक्षा ग्रहण करेंगे, अतएव डर की कोई बात नहीं है।" परन्तु कृष्ण की शंका दूर न हुई।

एक बार की बात है, नेमिकुमार और कृष्ण दोनों उद्यान में गये हुए थे। कृष्ण ने उनके साथ बाहुयुद्ध करना चाहा। नेमि ने अपनी बायीं भुजा फैला दी और कृष्ण से कहा कि यदि तुम इसे मोड़ दो तो तुम जीते। परन्तु कृष्ण उसे ज़रा भी न हिला सके।

नेमिकुमार अब युवा हो गये थे। समुद्रविजय आदि राजाओं ने कृष्ण से कहा

कि देखो, नेमि सांसारिक विषय-भोगों की ओर से उदासीन मालूम होते हैं, अतएव कोई ऐसा उपाय करो जिससे ये विषयों की ओर झुकें। कृष्ण ने रुक्मिणी, सत्यभामा आदि अपनी रानियों से यह बात कही। रानियों ने नेमि को अनेक उपायों से लुभाने की चेष्टा की, परन्तु कोई असर न हुआ।

कुछ समय बाद कृष्ण के बहुत अनुरोध करने पर नेमिकुमार ने विवाह की स्वीकृति दे दी। उग्रसेन राजा की कन्या राजीमती से उनके विवाह की बात पक्की हो गयी। फिर क्या, विवाह की धूमधाम से तैयारियाँ होने लगीं।

नेमिकुमार कृष्ण, बलदेव आदि को साथ लेकर हाथी पर सवार हो विवाह के लिए आये। बाजे बज रहे थे, शंख-ध्वनि हो रही थी, मंगलगान गाये जा रहे थे और जय-जय शब्दों का नाद सुनाई दे रहा था। नेमिकुमार महाविभूति के साथ विवाह-मण्डप के नज़दीक पहुँचे। दूर से ही नेमि के सुन्दर रूप को देखकर राजीमती के हर्ष का पारावार न रहा।

इतने में नेमिकुमार के कानों में करुण शब्द सुनाई पड़ा। पूछने पर उनके सारथी ने कहा, "महाराज, आपके विवाह की खुशी में बाराती लोगों को मांस खिलाया जाएगा। यह शब्द बाड़े में बन्द पशुओं का है।"

नेमिकुमार सोचने लगे, 'इन निरपराध प्राणियों को मारकर खाने में कौन-सा सुख है?' यह सोचकर उनके हृदय-कपाट खुल गये, उन्हें संसार से विरक्ति हो गयी।

उन्होंने एकदम अपना हाथी लौटा दिया। घर जाकर उन्होंने अपने माता-पिता की आज्ञापूर्वक दीक्षा ले ली और साधु बनकर रैवतक पर्वत (गिरनार-जूनागढ़) पर वे तप करने लगे।

जब राजीमती को मालूम हुआ कि नेमिनाथ ने दीक्षा ग्रहण कर ली है, तो उसे अत्यन्त आघात पहुँचा। उसने बहुत विलाप किया, परन्तु उसने सोचा कि इससे कुछ न होगा। अन्त में उसने अपने स्वामी के अनुगमन करने का दृढ़ निश्चय कर लिया।

नेमिनाथ के भाई रथनेमि को पता चला कि राजीमती भी दीक्षा की तैयारी कर रही है तो वे उसके पास जाकर उसे समझाने लगे—"भाभी, नेमि तो वीतराग हो गये हैं, अतएव उनकी आशा करना व्यर्थ है। क्यों न तुम मुझसे विवाह कर लो?" राजीमती ने कहा, "मैं नेमिनाथ की अनुगामिनी बनने का दृढ़ संकल्प कर चुकी हूँ, उससे मुझे कोई नहीं डिगा सकता।"

एक दिन रथनेमि ने फिर वही प्रसंग छेड़ा। इस पर राजीमती ने उसके सामने खीर खाकर ऊपर से मदनफल खा लिया, जिससे उसे तुरन्त वमन हो गया। इस वमन को राजीमती ने एक सोने के पात्र में ले उसे अपने देवर के सामने रखकर उसे भक्षण करने को कहा। उसने उत्तर दिया—भाभी, वमन की हुई वस्तु मैं कैसे खा सकता हूँ?

राजीमती—क्या तुम इतना समझते हो?

रथनेमि—यह बात तो एक बालक भी जानता है।

राजीमती—यदि ऐसी बात है तो फिर तुम मेरी कामना क्यों करते हो? मैं भी तो परित्यक्ता हूँ।

राजीमती ने रैवतक पर्वत पर जाकर भगवान नेमिनाथ के पास दीक्षा ले ली।

कुछ समय बाद रथनेमि ने भी दीक्षा ग्रहण कर ली, और वे साधु होकर उसी पर्वत पर विहार करने लगे।

एक बार की बात है। राजीमती अन्य साध्वियों के साथ रैवतक पर विहार कर रही थी। इतने में बड़े ज़ोर की वर्षा होने लगी। सभी साध्वियाँ पास की गुफाओं में चली गयीं। राजीमती भी एक सूनी गुफा में आकर खड़ी हो गयी।

संयोगवश रथनेमि साधु भी उसी गुफा में खड़े होकर तप कर रहे थे। अँधेरे में राजीमती ने उन्हें नहीं देखा। वह वर्षा से भीगे हुए वस्त्र उतारकर सुखाने लगी।

राजीमती को इस अवस्था में देखकर रथनेमि के हृदय में फिर से खलबली मच गयी। उसने राजीमती से प्रेम की याचना की। परन्तु राजीमती का मन डोलायमान न हुआ। वह स्वयं संयम में दृढ़ रही और अपने उपदेशों द्वारा उसने रथनेमि को संयम में दृढ़ कर दिया।

□□□